Sade em Sodoma

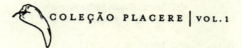 COLEÇÃO PLACERE | VOL. 1

Flávio Braga
Sade em Sodoma

CIP-Brasil. Catalogação-na-fonte
Sindicato Nacional dos Editores de Livros, RJ.

B793s
Braga, Flávio, 1953-
Sade em Sodoma/Flávio Braga. – Rio de Janeiro:
Best*Seller*, 2008.
. – (Placere)

Baseado em: Os 120 dias de Sodoma/Marquês de Sade
ISBN 978-85-7684-221-7

1. Sade, Marquês de, 1740-1814 – Ficção. 2. Libertinagem na literatura. 3. Ficção brasileira. I. Título. II. Série.

08-0848
CDD – 869.93
CDU – 821.134.3 (81)-3

Título original
SADE EM SODOMA
Copyright © 2006 Flávio Braga

Projeto gráfico de miolo e capa: Laboratório Secreto
Editoração eletrônica: DFL

Todos os direitos reservados. Proibida a reprodução,
no todo ou em parte, sem autorização prévia por escrito da editora,
sejam quais forem os meios empregados.

Direitos exclusivos de publicação em língua portuguesa para o Brasil
adquiridos pela
EDITORA BEST SELLER LTDA.
Rua Argentina, 171, parte, São Cristóvão
Rio de Janeiro, RJ — CEP 20921-380

Impresso no Brasil
ISBN 978-85-7684-221-7

INTRODUÇÃO

Algumas palavras iniciais podem ser valiosas para o leitor que desconhece o marquês de Sade e sua obra, assim como a intervenção que estamos apresentando sobre um seu romance específico: *Os 120 dias de Sodoma*.

Donatien Alphonse François de Sade nasceu e foi criado num palácio. O título de marquês indicava que um dia se tornaria conde, como de fato aconteceu, embora ele não tenha usado o título. Viveu entre 1740 e 1814. Era um *bon vivant*, libertino, bêbado, glutão, preferia a companhia das prostitutas à das damas da aristocracia. Nenhum desses hábitos o diferenciava de muitos de seus pares, talvez da maioria. Mas Sade tinha outro costume, este sim, imperdoável: ele escrevia.

A França de seu tempo vivia um dos mais penosos períodos de sua história, momento que foi um marco da própria história do homem: a Revolução Francesa. A derrocada da monarquia não aconteceu à toa. Os aristocratas adubaram o terreno para o seu surgimento com sua empáfia, intolerância e manutenção de privilégios, constituindo uma das mais injustas sociedades que se conheceram. Entre eles, tramavam e folgavam os chamados *libertinos*. Sade era um deles.

Ser libertino era uma definição dúbia. Podia-se viver na libertinagem erótica, entre mulheres e farras, praticando todas as formas de prazer hedonista, desdenhando da moral e dos bons costumes, embalado pelos vícios. Mas também se podia estar imbuído do espírito libertino, forma intelectual de encarar a existência, acreditando nos valores propostos por Diderot e Voltaire, contra a moral hipócrita da nascente burguesia e da aristocracia. Essas posturas tinham pontos em comum, e Sade abraçava ambas.

Sade, criado como jovem marquês, recebeu os mimos de que os meninos ricos são normalmente cercados. Aos 12 anos, seu pai o chama a Paris e lhe confia a um preceptor, o abade Amblet, da diocese de Genebra. Ele não se destaca nos estudos e os abandona para ingressar na Companhia de Cavalos-ligeiros da Guarda de Sua Majestade. O abade o segue em suas andanças, como era costume na aristocracia. Aos 19 anos, Sade se forma oficial e participa da Guerra dos Sete Anos. O conflito se encerra em 1763. Essa trajetória, típica da elite francesa, qualifica o marquês a um casamento entre as hostes superiores. Ele está pronto para assumir uma união de conveniência. Ofereceram-no a Renné-Pélagie, filha de Montreuil, senhor de Launay, e da poderosa senhora Marie Madeleine, presidenta de Montreuil.

Ao pisar pela primeira vez no palácio marmóreo da rue Neuve-du-Luxembourg, Sade era um resoluto oficial, que mantinha *garçonniere* aos cuidados de criado de confiança. Deu o azar de sua prometida estar acamada. Sua irmã, Louise, de 16 anos, encontrou Sade aguardando no salão. Seus olhares e poucas palavras marcariam o resto da vida do escritor. Sem papas na língua e com a audácia da juventude, o marquês pediu, imediatamente, uma audiência com a mãe de sua prometida, que era, de fato, quem mandava na casa. Sade informou à presidenta de Montreuil que seu interesse agora era pela jovem Louise e não mais por Renné. Foi rechaçado. O dote de 350 mil libras de uma avó mais a bênção de Sua Majestade falaram mais alto e Sade casou-se com a que lhe haviam prometido: Renné, senhorita de Montreuil.

Sade passa a viver como um aristocrata sem problemas financeiros. Divide seu tempo entre prazeres diversos. Freqüenta bordéis, alimenta hábitos voluptuosos sem maiores preocupações. Mas as complicações não demorariam a surgir. Em abril de 1768, Sade passeia pela place Victoire quando avista Rose Kailair. Ela é viúva e pede esmolas. Ele se aproxima, com sua elegante sobrecasaca, e a convida a servi-lo, em troca de pagamento e alimentação. A mulher o acompanha até o castelo de Arcueil. O marquês a despe, a amarra na cama e a flagela com o chicote, depois pinga cera quente nos ferimentos. Sai e a deixa trancada no quarto. A mulher foge, saltando pela janela, e chama a polícia. Sade é preso no castelo de Saumur, mas logo é solto após o pagamento de uma indenização. A mendiga utiliza o dinheiro para bancar um dote e uma casa, algumas semanas depois. O marquês é proibido de pisar em Paris.

A presidenta de Montreuil, consciente do genro que tinha e sabendo que ele estava de olho em Louise, sua filha mais nova, resolve interná-la no convento Sacré-Coeur. Sade seqüestra a cunhada, com a concordância dela, e o casal foge para a Itália em lua-de-mel. Sade apresenta-se como conde de Mazan e os dois se instalam em Florença. Ora, esse foi o crime que o marquês não poderia ter cometido. Sua sogra era, sem trocadilho, amiga do rei. Havia, naqueles tempos imperiais, uma instituição chamada Lettre de Cachêt, que nada mais era do que uma condenação assinada pelo rei, irrevogável e com duração indeterminada. Uma carta como essa foi aplicada a Sade. Ele foi preso em 1777 em Vincennes, primeira das prisões que ocuparia num período total de 23 anos. Os crimes que contra ele foram comprovados eram os de maus-tratos à viúva Rose e sodomia, quando manteve relações com seu criado, como passivo, diante de um grupo de prostitutas.

A prisão oferece tempo de sobra para Sade escrever, e ler também. Cultiva-se, devorando Platão, Sócrates e Pitágoras. Lê os clássicos e a História da humanidade. Essa rotina durou 7 anos, até que ele foi transferido para a tristemente famosa Bastilha, o pior cárcere da França. Lá, é confinado numa cela imunda, dispondo apenas de um colchão de palha e uma botija de barro com água. A luz entrava apenas ao meio-dia. Nesse lugar infernal, Sade redigiu *Os cento e vinte dias de Sodoma.* Ele estava proibido de escrever e o redigiu em letras microscópicas num rolo de papel com doze centímetros de largura e doze metros de comprimento. A sua transferência para o asilo de Charenton, em 1803, o forçou a abandonar o trabalho. Escondeu a obra nas frinchas da cela. Seu comentário posterior foi o de que vertia lágrimas de sangue pela perda do trabalho. Morreu sem saber que um certo Arnoux Saint-Maximim o recuperou durante o saque da Bastilha e o ofertou ao marquês Villeneuve-Trans. Seus descendentes venderam o material, em 1900, ao psiquiatra alemão Iwan Bloch, que sob o pseudônimo de Eugen Dürhen fez uma publicação limitada da obra. Em 1929, nova edição, da Racheté, foi dirigida a colecionadores. Sua primeira tiragem comercial só veio a ocorrer em 1954, depois de batalha judicial. Não era para menos. Sade diz nas primeiras páginas de seu romance:

> *Aconselho o leitor excessivamente recatado a pôr de lado, imediatamente, o meu livro, para não ficar escandalizado, pois é evidente que não há muito de casto em nosso plano, e atrevemo-nos desde já a garantir que o haverá ainda menos na execução... E agora, leitor amigo, prepare*

seu coração e sua mente para a narrativa mais impura já feita desde que nosso mundo começou, um livro sem paralelo entre os antigos, ou entre nós, os modernos...

Ele estava falando sério.

Bem, esse romance serviu de base à intervenção que vem a seguir e a que chamei de *Sade em Sodoma*. Utilizei os elementos que o marquês propõe em sua trama e criei um novo protagonista. Convido o leitor a ler com a precaução de que se trata de literatura, apenas. Se inferno houvesse, o marquês lá estaria, rindo, satisfeito, do rubor que provoca.

Parte I

Visita do marquês ao castelo de Sillings

I

Sim, senhor marquês, sou Mathieu. Entre, eu o esperava, mas não tão cedo. O acesso ao château de Sillings é tortuoso e assustador, mas um homem como o senhor, amigo dos "amigos", não se assusta à toa, certo?

Venha, sente aqui. É o chamado auditório. Aceita água? Ou um copo de vinho tinto? Os "amigos" costumam beber de manhã sem o menor constrangimento. São curtidos. O senhor os tem visto? Fizeram a farra aqui e se mandaram de volta a Paris deixando a sujeira para que eu limpe. Mas, afinal, essa é uma de minhas funções: limpar o sangue e a merda que os "amigos" espalham por onde passam. Desculpe falar assim, mas pelas instruções que recebi não devo esconder nada. Informaram que o senhor é escritor, e contará tudo. Um homem de origem humilde, como eu, vive se surpreendendo com o Grande Mundo. Nunca imaginei que se pudesse divulgar o que aqui se passou. Ora, quem sou eu para julgar? Está aqui o bilhete que o presidente Curval me enviou. Diz assim: "Facilite as coisas para o senhor marquês. Não lhe esconda nada. Ele é um dos nossos." Simples, não? Se me permite a impertinência: por que ele mesmo não lhe contou o que se passou aqui nos últimos quatro meses? Não, não precisa responder, senhor marquês, eu imagino. Ele estava ocupado demais para pensar. Faz sentido. Então? Água ou vinho? Sobraram dezenas de garrafas da orgia que aqui se fez. Não sem o consumo de centenas de outras. Mas eram tantas... Nada deveria faltar. Foram gastos milhares de luíses de ouro no festim. É isso que o traz aqui? Saber dos números? Quantas mulheres e quantos homens foram contratados ou seqüestrados para foderem e se foderem em cento e vinte dias?

II

Perfeitamente, senhor marquês, é muita generosidade de sua parte me oferecer uma recompensa para soltar a língua. Eu lhe contaria tudo do mesmo jeito, mas, com certeza, amaciada por algumas moedas de ouro minha memória se aperfeiçoará nos detalhes. Ficaram duas cozinheiras e bastante caça, além de conservas de sabor agradável. Enquanto falamos, elas preparam o pernil de javali e os acompanhamentos. É uma longa história, embora eu tenha certeza de que seu interesse não irá diminuir nunca. Isso porque o senhor é um deles, ou posso me incluir e dizer: um de nós? O presidente Curval me concedeu o direito de me intitular libertino. É o melhor título que posso imaginar para mim. Devo começar falando de minha pessoa para que o senhor perceba como a natureza foi pródiga com um reles filho-da-puta como eu. Sim, minha mãe trabalhava nas esquinas de Paris e meu pai pode ser qualquer marinheiro embriagado, dos que soltam sua porra em vaginas como quem mija no poste próximo, ou seja, não tenho a menor idéia de quem ele é. Fui criado na rua e agradeci a convocação para a guerra a um deus que eu julgava existir. Afinal, comeria regularmente, antes de ser transpassado pelo sabre inimigo. Eu e meus companheiros fomos à guerra desesperados. Mal sabia eu que ali aprenderia ofício. "Ai de quem não aprende com a desgraça", dizia minha mãe. Fui bom aluno e me adestrei nos golpes rápidos que decapitavam ou perfuravam ventres descuidados. Especializei-me no punhal e no sabre. Até certo momento contei os que pereceram em minhas mãos, depois deixei para lá. Sou um matador pronto, principalmente para morrer. Está claro que só os prontos para a morte afrontam a vida?

III

Ah, o senhor também esteve na guerra? E não nos vimos? Bem, eram poucos os oficiais como o senhor, na qualidade de nobre, e muitos os desgraçados como eu, que avançam na frente. Sem ressentimento. A natureza nos fez diferentes, como os "amigos" depois me ensinaram. Mas, mesmo antes de conhecer o presidente Curval e outros libertinos, podia me gabar de minha vocação para o crime. E lhe conto o porquê. Após sete invernos de guerra eu contava 25 anos e voltava do campo de batalha. Eu e três companheiros, a pé, esfomeados, cheios de ódio. Avistamos uma casa perdida no campo. Mal nos viu, o homem fechou a janela. Farejou o perigo que corria, mas éramos quatro. Tentou o enfrentamento, concluindo talvez que não tinha saída. Foi degolado na frente das duas meninas de 12 ou 13 anos. Uma velha gritava, com olhos apavorados; decepei sua cabeça num golpe rápido contra a carne franzida. Os companheiros simplesmente se despiam para aproveitar as meninas. Duas bocetinhas para quatro machos não saciariam nossa volúpia. Olhei em torno e vi apenas um pernil pendurado e duas garrafas de vinho arrolhadas. Era pouca comida e bebida para tantas bocas. Os tolos, entretidos em agarrar as crianças, deixaram as armas no chão. Nus e desarmados. Postei-me de pernas abertas para suportar contra-ataque e desci, vigorosamente, o sabre contra o pescoço de Saulo, um jovem parisiense, filho de uma costureira, que se julgava meu amigo. A cabeça não se desprendeu completamente, mas o sangue esguichou para todo lado, tingindo os corpos nus. Os outros se voltaram quase ao mesmo tempo, com a expressão idiota que a surpresa estampa. Avancei e apunhalei Pierre, o mais forte e que poderia oferecer resistência. Enterrei a lâmina em seu peito na altura justa. A dor o fez perder o ar e sua expressão foi de pavor, como tantas outras que eu presenciara. Sobrou Charles, de quem eu mais gostava. Murmurou meu nome com seu rosto de rapazola. Alguma razão tola me fez lhe dizer adeus. Ele tentou correr, mas lacei seu pescoço com o braço e apunhalei seu coração. As meninas assistiam, mudas, às cenas de terror. Em poucos minutos, cinco mortos. Bem, eu não era mais um soldado sem futuro. Horas depois saciara minha fome e meu desejo. As meninas, Joaquina e Salete, me valeram algumas moedas num bordel da periferia de Paris.

IV

O senhor deve ficar imaginando o porquê de eu lhe contar isso. Afinal, não tem relação com o acontecido no château, aqui nos confins do mundo. Acho que este meu primeiro ato após o fim do conflito diz muito a meu respeito. Eu não estava disposto a sofrer se pudesse comprar o meu conforto com o sangue de quem quer que fosse. Naqueles dias me imaginava um monstro; depois que conheci os "amigos" descobri que eu faço apenas o que a natureza espera de mim. Bem, a quantia conseguida com a venda das crianças dava para um mês de sobrevivência, no máximo. Avistei minha mãe vendendo seu corpo magro e acabado na sombra de uma esquina. Dei as costas e caminhei no sentido contrário. Ela era apenas o testemunho horrendo de minha origem. O passado é para os nobres, párias como eu devem olhar para a frente, de preferência de arma em punho. Os retornados da guerra enchiam as ruas, mendigando, expondo tocos de braços e pernas decepados ou horríveis crateras onde olhos houvera. A mim não faltavam pedaços, além da alma que deixara esfarrapada nos campos de sangue. Corri em busca de trabalho. Não, evidentemente, entre a turba que se fode pegando pesado em açougues e armazéns. Não, eu me queria bem. Comprei camisa nova e fui ao bordel assuntar sobre ocupação para um canalha da minha laia. Logo me indicaram a casa de madame Duclos. Era bordel importante, freqüentado por nobres e ricos de todos os tipos. Madame me recebeu com um sorriso que mais tarde identifiquei nela quando troçava de alguém. Levou-me para seu escritório e mandou que eu mostrasse o pau. Hesitei por pudor e ela adiantou que só se interessava por pau e cu. Em qual das categorias me incluía? Mostrei a vara, mole. Mas, para uma especialista, bastou. "Conse-guiria manter isso em pé diante de um rabo velho como o do monsenhor?" "Sim", respondi, sem pensar mais. Apenas precisava ser pago, convenientemente. Madame balançou a cabeça. O trabalho valia dois luíses de ouro. Obrigava-me a encher o rabo do arcebispo de esperma quente. Aquiesci, afinal era pagamento equivalente a um mês de suor entre os carregadores do mercado.

V

Sofri para manter o pau duro enquanto enrabava o monsenhor. Ajoelhado sobre o oratório com a batina erguida até a cintura, ele compunha a mais infame e desprezível das imagens. Tentei me lembrar das meninas que descabacei no campo. Eram minhas recordações mais sedutoras em anos. Suei muito e só a convicção de que deveria cumprir meu dever de macho de aluguel manteve a coisa dura. Descarreguei em poucos minutos e o pio homem de deus se voltou de cara feia. Eu fora rápido demais. Senti ímpetos de estrangulá-lo, mas apenas pedi que considerasse meu noviciado na atividade. O canalha retrucou que isso não lhe dizia respeito. Pagaria apenas a metade do combinado. Engoli num sorriso amarelo e pedi desculpas. Estendeu a moeda e me apontou a porta da sacristia. Na rua, respirei fundo e me dei os parabéns. Eu tinha uma profissão. Um cachorro sarnento atravessou meu caminho e o chutei. Escapou ganindo. Os cães só possuem dentes, eu possuía um pau e sabia usá-lo. As portas do mundo se abriam para mim. Voltei até a casa de madame e lhe dei a moeda. Não contei sobre o desconto, para evitar imagem negativa. À noite, a fome apertou e assaltei um velho que se aventurara na rua. Mas eu não queria me tornar um ladrão comum. Eles acabam na forca e eu preservo demais o meu pescoço. No dia seguinte, voltei à madame. Ela me fez sentar e me descascou. Eu nunca mais deveria mentir para ela ou melhor, omitir o que quer que fosse. Não. Monsenhor fizera queixa da pressa com que seu enviado ejaculara em seu cu. Por outro lado, madame me felicitou por não haver surrupiado a sua parte. Abriu a bolsa e me alcançou duas moedas. Como empréstimo, acrescentou. Ordenou que eu mostrasse o pau novamente, então o empunhou e, lentamente, foi me arrancando uma fervorosa ereção. Quando o bicho estava a ponto de bala, abaixou a cabeça e o enfiou inteiro na boca. Que prática, que grande habilidade, senhor marquês!! Eu logo me vi à beira de esporrar em sua boca macia, então a safada se afastou e advertiu que me controlasse. Um macho de aluguel não goza quando quer, mas quando lhe mandam, acrescentou. Ela gostava de mim e acabamos fodendo a tarde toda, sem que eu ejaculasse. Ela estava me ensinando e me mostrei um aluno aplicado. Depois de muitas horas, em que a danada se acabou várias vezes, mandou que eu retornasse à catedral. Monsenhor me esperava, impaciente.

Vamos, marquês, o almoço está na mesa e a garrafa vazia. Vamos comer e esvaziar mais uma enquanto continuo a narrativa. Está gostando?

VI

Esse entorpecimento em que o vinho nos afoga é o clima certo para os melhores prazeres. O senhor não acha? Quando visitei o presidente Curval pela primeira vez, indicado por madame, ele imediatamente abriu uma garrafa de borgonha. Eu, naqueles dias intranqüilos, não via diferença entre esse bordeaux que acabamos de apreciar e um conhaque, por exemplo. O senhor crê no que digo? Eu separava as bebidas em alcoólicas e as demais. O fogo criminoso se acende com o álcool, e era o que me interessava. Mas o presidente Curval se esmerou em minha educação. Talvez influenciado por madame, que me recomendou como *fodedor* de confiança. Cheguei à sua mansão em Paris cheio de aflição. Estava consciente de que causar boa impressão ao presidente do Tribunal ajudaria a minha carreira. Ele me recebeu com todo o esmero, como disse. Ofereceu vinho e logo na segunda taça mandou que eu mostrasse o pau. Examinou-o como quem observa uma arma. Cercou a base com os dedos e iniciou movimentos regulares que foram aumentando em velocidade até que minha pica ficou inteiramente dura. "Pode cuspir a porra em minha mão, Mathieu", ele sussurrou entre os lábios, mantendo o ritmo alucinante. Esporrei, é claro, e ele abocanhou meu pau para logo após esvaziar a sua taça, engolindo tudo. Seu prazer era enorme, via-se. Seguimos bebendo. Madame me indicara como pessoa de confiança, repetiu. E ele precisava justamente de um homem de confiança ao lado, que soubesse o quanto as instituições valem pouco para pessoas verdadeiramente livres. Foi quando falou dos "amigos" pela primeira vez. "São libertinos", ele disse. Eu já ouvira o termo, mas sem perceber a definição precisa. Algo como homens que freqüentam bordéis? "Há dezenas de clubes de libertinagem na França, Mathieu, mas poucos são sérios", acrescentou. Embora não se constituíssem em clube, eram quatro amigos que levavam a sério a libertinagem e as regras da natureza. "Acaso és religioso, rapaz?", questionou à queima-roupa. "O mais perto que estive de uma igreja foi para enrabar um bispo", respondi, e ele sorriu, depois gargalhou. Entre nós há um bispo, mas ele não utiliza fodedores de bordel. "Vai gostar de tua ferramenta, Mathieu", completou o presidente, e senti que eu ganhara sua confiança. "O clero está lotado de libertinos utilizando a farsa divina. Arrumam paus e cus para sua satisfação", ele completou. Após esvaziar outra taça, enfiou sua língua em minha boca. Eu nunca havia beijado um homem, mas aquilo era mais que um beijo. Ele chupou meus lábios e bebeu minha saliva como se arrancasse os últimos sopros de vida de um futuro cadáver. Deixei que o fizesse. Depois subimos para o seu quarto e o enrabei até a madrugada.

VII

Eu, que dormia num cubículo infeto infestado de rataza-
nas, freqüentava a cama do presidente do Tribunal de
Justiça. Curval deu um jeito de resolver a situação. Mandou
preparar quarto junto às cocheiras, limpo, pelo menos, e
com pequena lareira. Fui contratado para ficar a postos
como fodedor, em tempo integral. Durante jantares ele-
gantes dos libertinos eu sentava numa das laterais e qualquer deles podia requerer o uso de minha pica. Fodi juízes,
banqueiros, bispos e arcebispos, militares de alta patente e
algumas velhas cheirando a perfume forte. Talvez minha
função não extrapolasse este patamar senão por um acon-
tecimento acidental. Ao retornarmos de um festim nos
arredores de Paris, na casa de Durcet, o banqueiro do
grupo de "amigos" que o senhor conhece, marquês, fomos
abordados por dois assaltantes. Um deles apontava uma
garrucha e o outro segurava um punhal com mão frouxa.
Eles cercaram o presidente, enfiando suas mãos nos bolsos

de meu protetor. Eu trazia o punhal atravessado na cintura, na altura do quadril. Saquei enquanto avançava sobre a pistola com a mão direita. Num golpe rápido, furei o olho do que nos ameaçava com a faca. O segundo movimento atingiu a axila daquele que segurava a garrucha. Ambos gritavam como bezerros no abate. Golpeei novamente o que protegia o olho atingido, mas então o peguei na altura do pescoço. Em menos de minuto estavam ambos mortos. Curval me olhou, assombrado, depois sorriu, então gargalhou e me abraçou. Daquele dia em diante passei para o primeiro andar de sua mansão. Sou seu segurança e um de seus amantes preferidos. Vi, naquele dia, minha carreira indo de vento em popa, como se diz.

VIII

Se o presidente teve boas surpresas com minha atuação militar, digamos assim, minhas limitações em educação o aporrinhavam. Ao notar que eu não lia nem escrevia, incomodou-se. Um bilhete, uma ordem por escrito, tudo passava para mim como grande mistério. Explicou que minha evolução como auxiliar dependia da força de vontade. Eu tinha que aprender. Contratou professora e seu pagamento era deduzido de meus ganhos, em parcelas mensais. Demorei mais de um ano gramando sobre livros para conseguir entender os escritos e alinhavar mensagens. Mas consegui. Passei a freqüentar o grupo de "amigos" como fodedor e segurança, de forma simultânea. Tive a honra de sentar à mesa com o duque de Blangis, homem dos mais poderosos da França, dono do château de Sillings. Apertei a mão do banqueiro Durcet, que já havia enrabado em outra ocasião, mas sem a menor intimidade. O bispo também conversou comigo, é claro que jamais como um igual. Num desses jantares tocaram, pela primeira vez, na idéia de praticarem a maior orgia da história da humanidade, o maior bacanal já posto em prática, uma verdadeira cerimônia em honra ao deboche e à luxúria. Que impedimentos podia haver? "Há dinheiro, disposição e um Estado condescendente com os excessos dos poderosos", argumentaram. "E um auxiliar disposto a qualquer violência, como Mathieu", acrescentou o presidente Curval, me deixando especialmente orgulhoso. "Ficaremos na história", exultou Durcet. "Superaremos Nero e Calígula", completou Curval, e brindamos ao plano infernal.

Então, marquês? Outra garrafa? O melhor da história ainda está por ser contado.

IX

Ordenei que preparassem os aposentos mais confortáveis. Após esta garrafa talvez o senhor queira descansar um pouco até o início da noite. Mas, retornemos à narrativa. Os amigos queriam uma orgia inesquecível em Sillings. Levantaram as considerações mais variadas sobre o que de fato desejavam. É bom anotar que a decisão de realizar tal evento magnífico se deu há dois anos. Os preparativos demandariam tempo, além da fortuna que foi investida na idéia. Todos estavam de acordo que seria necessário um número de virgens a serem descabaçadas durante o festim. Bem, menos o bispo, que fica arrepiado de horror diante de uma boceta. Certo número de fodedores poderosos com paus fenomenais também era de consenso. Os "amigos" preferem a sodomia a qualquer outra forma de penetração, tanto a ativa quanto a passiva. Desse importantíssimo detalhe eu só me dei conta durante a convivência permanente com o grupo. Nem sempre as palavras nos esclarecem tanto quanto a experiência, mas o presidente Curval havia me dito: "Para os 'amigos' o cu e o que sai e entra por ele são o que realmente importa." Se me permite, marquês, desejo me referir a um detalhe importante, antes que avancemos mais. Não sou um narrador, e sim um fodedor e assassino, portanto necessito colocar ordem nos assuntos. Talvez eu diga coisa que o senhor já conheça bem, mas é necessário contar um fato que me ocorreu no início do convívio com os "amigos". Eles prezam tanto o prazer que são amantes de suas filhas e das esposas dos demais. Para que isso se consolidasse de forma harmoniosa, casaram entre si, uns com as filhas dos outros, de forma que todos tirassem proveito de todas. Assim, o presidente Curval tomou Julie, filha do conde de Blangis, por esposa; Constance, filha do banqueiro Durcet, casou-se com Blangis, mas se manteve atendendo às investidas do pai com o consentimento do marido; e Adelaide, filha do presidente Curval, desposou Durcet. Havia ainda o bispo, irmão de Curval, que naqueles tempos ainda tinha desejos pelos corpos femininos e entregou sua filha Aline aos demais, desde que, é claro, mantivesse seu poder de amante sobre ela, bem como sobre as demais. O próprio duque se expressou assim sobre essas uniões: "Quero uma esposa para servir aos meus caprichos, um número infinito de deboches secretos que a capa do casamento maravilhosamente oculta." Pois bem, eu, Mathieu, pobre sob todos os aspectos, imaginava coisa diversa. Desejei Julie imediatamente. A esposa do presidente Curval, sem ser bela como as outras, ou tão jovem — completara 24 anos quando a conheci —, mesmo assim me cativou. Sua boca enorme é um convite ao amor. Sou obrigado a admitir que nunca conheci uma boca que se parecesse tanto com uma boceta como a de Julie. É claro que disfarcei bastante meu interesse pela esposa de meu protetor. Mas o presidente Curval, excelência da justiça que enviou dezenas de homens para a forca, notou minha inclinação. Seus sessenta anos de convívio com todo o tipo de criminoso o tornaram mestre na arte de descobrir insinuações mal disfarçadas. "Deseja enrabar Julie?", perguntou, em sua presença. Enrubesci, é claro, e emudeci. "Ela possui um belo cu", continuou ele. Permaneci calado. "Mostre-lhe o rabo", ele disse, e falou com tal firmeza que Julie se ergueu, ajoelhou-se no sofá e levantou a saia. A bunda nua e branca brilhou diante de meus olhos gulosos e meu pau endureceu. "Será sua mediante um favor", continuou o ilustre magistrado. "Como sinal do negócio, Julie lhe concederá uma chupada. Noto que sua ferramenta está no ponto e não devemos desperdiçar. Mostre", ordenou-me. Expus a pica duríssima e o presidente mandou que a esposa o abocanhasse. Vi aquela enorme tentação se aproximar de meu pau e o engolir com toda a volúpia. O presidente seguiu detalhando o favor que desejava de mim. Ele estava ferozmente apaixonado por uma menina de uns 12 anos, filha de um carregador da rua que fazia ponto em frente à sua mansão. Eu me encarregaria de conseguir a jovenzinha a qualquer preço. Enquanto ele falava, eu era sugado por um túnel em direção a um gozo extraordinário. Logo inundaria a boca de sua esposa com minha porra quente. "Espero que sua missão esteja cumprida até o fim do mês, Mathieu", finalizou Curval, e eu me acabei entre os gulosos lábios de Julie.

X

O caso da menina por quem o presidente Curval se apaixonou foi uma espécie de teste pelo qual passei para perceber a natureza dos desejos libertinos de meu patrão e de seu grupo. Os pobres como eu fui não imaginam que as elites sejam capazes de tudo — elas simplesmente usam seu poder, porque, afinal, de que vale o poder se não se faz uso dele? Procurei o carregador e sua esposa, pais da bela menina virgem por quem o presidente se apaixonara. Ofereci mil francos pela criança e eles se ofenderam. Acho que York, assim se chamava o carregador, só não avançou para me dar uns sopapos porque avaliou minha envergadura. Na porta, antes de sair, me voltei disposto a explicar aos dois que não se contraria um homem como Curval impunemente. Talvez a menina até tirasse proveito do contato com outra classe social. Nada os demoveu. Eu, simplesmente, não poderia falhar em minha primeira tarefa fora da rotina das fodas. Consultei o presidente sobre até que ponto poderia afrontar a lei em meus esforços. Autorizou-me, dizendo que ninguém enforcava em Paris contra a vontade dele. Resolvi fazer ainda uma última tentativa pela boa vontade. Abordei a mãe da desejada numa manhã fria, quando ela saía de casa, e a segui caminhando depressa e falando. Ela nem me olhava. Expliquei que estava disposto a pagar até dois mil francos por sua filha, para apenas uma noite que lhe custaria, no máximo, a virgindade. Ela me ignorou. Parei de caminhar e ela seguiu. "Espere pelo pior", gritei, pouco antes de ela sumir na bruma da manhã. Meu primeiro plano foi o seqüestro. Mas uma denúncia poderia custar incômodos inimagináveis ao presidente. Fiz pesquisa sobre York, seus hábitos e suas fraquezas. Descobri que se indispusera com o auxiliar do açougue próximo. O tal magarefe bebia e mexia com o carregador, que lhe aplicara uns bofetes duas vezes. Achei que era a melhor oportunidade para pressionar York. Logo que anoiteceu, busquei uma acha de madeira pesada, que o carregador usava como ferramenta, e fiquei de tocaia em frente ao açougue. O homem dormia no trabalho para começar cedo e sempre voltava da cantina embriagado. Acertei dois golpes fatais na sua cabeça e o deixei tombado em frente à porta. Joguei a acha de volta junto ao portão de York. No dia seguinte instruí, por meio da influência do presidente Curval, que investigassem o crime procurando a arma nos arredores da casa do pai da bela virgem. York foi recolhido às masmorras da *conciergerie*. Seria enforcado em algumas semanas. Estava armada a tramóia para que entregassem a menina. Ainda assim houve resistência, mas quando a mulher de York se informou das chances do marido, me entregou a criança. Chamava-se Ilde, eu acho. O presidente me felicitou pela missão cumprida e lhe perguntei como faríamos para libertar York. "Não vamos fazê-lo", disse o magistrado. "Todos devem perecer após meu gozo, ou melhor, junto com ele", completou e me levou até a janela do salão onde estávamos. Escancarou a abertura que permitia uma visão ampla da praça. "York será executado ali", ele disse, "enquanto estarei penetrando o rabo de sua filha aqui. A mãe deve estar presente, porque ambas beberão chá envenenado alguns minutos antes. O tempo do orgasmo e da execução e o posterior efeito do veneno devem ser sincrônicos. A vida deve ser conduzida sob rigorosa precisão, meu caro Mathieu", completou. Dois dias após, cumpriu rigorosamente o que havia planejado. Eu mesmo dei fim aos corpos de mãe e filha. York foi para a vala comum dos assassinos. Bem, marquês, acho que precisamos descansar um pouco. O que o senhor gostaria para o jantar?

XI

Então, marquês? Conseguiu descansar? A alcova que o senhor utiliza é a preferida de Durcet, o banqueiro. Ele se tranca ali com várias mulheres e homens, que recebem para obedecer a suas ordens e atender aos seus delírios amorosos, se podemos dizer assim. Sente-se. Vamos tomar um chá com *madeleines* antes de continuar nossa maratona alcoólica? Separei mais alguns vinhos de boa cepa. Mas tudo o que veio para ser consumido aqui é de excelente qualidade. São produtos trazidos de todas as regiões da França e de outros países também. Tudo a peso de ouro. Tenho lhe contado de forma direta e pessoal sobre a organização desta orgia inigualável, mas posso lhe ceder, para que copie, o esquema estruturado pelos "amigos". Ali há os números de tudo o que deveria ser conhecido, como deveria ser usado e quando. Até o momento em que determinada menina perderia a virgindade e quem faria o serviço estavam programados. Eles são meticulosos como todas as elites devem ser, não é mesmo? Bem, voltemos no tempo. As reuniões para organizar os 120 dias de prazer aconteciam todas as semanas e eram motivos para outras orgias. Uma vez por mês reuniam-se apenas para brincarem de mulher. Usando longos vestidos, pintados e adornados por perucas de todas as cores e tamanhos. Os quatro "amigos" recebiam um grupo grande de homens e rapazes escolhidos a dedo, de cuja metade o traço comum eram os paus descomunais. Eram sempre 32 prostitutos, bem pagos, sendo 16 fodedores de grandes paus e 16 rapazolas que se vestiam de mulher assim como os "amigos". O resultado era uma orgia baseada exclusivamente na sodomia. Percorri Paris muitas vezes em busca dos garanhões e dos jovenzinhos que gostam de ser enrabados. Havia também as noites só de mulheres da sociedade, esposas de funcionários ou cafetinas que freqüentavam orgias quando havia pagamento generoso e mesa farta. O povo não imagina quantas assim há na cidade. Mulheres pelas quais, ao vê-las no passado, eu colocaria a mão no fogo por suas honras. Assisti-as se lançarem na libertinagem mais escandalosa. Em tais noitadas muitas vezes satisfiz meu desejo pela carne feminina como nunca imaginei que o faria, e nem precisei fazer uso do estupro, o que é bom para variar. O que me incomodava nas noites de preparação, devo confessar, eram aquelas reservadas à vileza extrema e à sordidez total. Os "amigos" gostavam de receber prostitutas em estado lastimável em ceias reservadas apenas para elas.

Chegavam aos bandos e cobravam menos, mas ao contrário das belas mulheres do Grande Mundo nada sabiam sobre modos. Comiam com as mãos, servindo-se de muitos pratos ao mesmo tempo e misturando os vinhos e conhaques até vomitar tudo aquilo sobre os móveis. Gritos, correrias e cenas de violento mau gosto eram comuns nesses encontros bizarros. Havia ainda a noite dos hímens, quando vinte virgens entre sete e 15 anos deviam estar presentes. O que o dinheiro compra, marquês? Tudo! Bem, mas essas meninas em sua maioria voltavam para casa tão intactas quanto ao chegar. Entre os "amigos" apenas o duque de Blangis e Durcet são capazes de uma ereção verdadeira. Os demais apenas debochavam e manipulavam essas crianças que haviam pagado a preço de ouro. Finalmente, uma vez ao mês acontecia o encontro familiar, com as esposas participando e quatro donzelas escolhidas da melhor sociedade. Eram dias em que eu não era autorizado a ficar no salão. Mas espiei muitas vezes, confesso-lhe. Nada acontecia de mais forte do que nas demais, apenas se falava um tanto além e os "amigos" exerciam o seu gosto pelo escárnio e o insulto. Bem, os 120 dias deveriam ser a reunião desses encontros, de uma forma constante e excedendo todos os limites anteriormente atingidos. Assim me explicou o presidente Curval e assim eu o entendi. Criaram um consórcio em que milhares de francos eram investidos nos preparativos. Além das virgens e dos fodedores, havia a incumbência de encontrar as narradoras. Essas seriam mulheres, cafetinas, prostitutas de longa experiência, que narrariam suas aventuras, mas, especificamente, deveriam contar os tipos de taras que conheceram durante suas vidas como profissionais do prazer. Obedecendo à ordem rigorosa de dias, semanas e meses, elas deveriam ser quatro, para que cada uma se ocupasse de um trimestre. Foi por essa exigência que indiquei Duclos. Ela era, afinal, minha madrinha no mundo da putaria. Eu devia a ela o pão que comia, para dizer o mínimo. Procurei-a, imaginando que lhe oferecia um grande negócio. Apenas contar suas experiências... uma bela soma por essa narrativa. Mas fui surpreendido. Duclos inicialmente alegou que estava rica o suficiente para negar a exposição de sua intimidade. Afinal, o que uma puta pode guardar para si, senão a sua história? Argumentei com a importância dos nomes envolvidos. Ela quis saber o que exatamente eles queriam. Eu estava preparado para responder. Curval me deixara claro. O objetivo era identificar o comportamento dos chamados *ratos de bordel*. Suas exigências e prazeres serviriam tanto de combustível para a excitação durante os 120 dias de orgia quanto como a complementação de possíveis lacunas entre as práticas vigentes em Sillings. Duclos sorriu, como se percebesse naquele instante do que se tratava. Talvez tenha se lembrado de tantos clientes com suas terríveis exigências ou ridículos desejos. Pensei nisso porque eu mesmo, em meu pouco tempo de atuação no bordel, assistira a cenas muito incomuns. Duclos aceitou, por fim. Cobraria mil francos por dia, fora todas as despesas. Estava claro que sua hospedagem deveria ser de primeira classe. Aceitei em nome dos "amigos", usando a representação que recebera do presidente Curval. Ela mesma indicou uma lista de colegas que poderiam preencher o grupo das narradoras. Senhor marquês, não o aborrecerei mais com os detalhes dos preparativos, porque, como lhe disse, tudo está no papel e o senhor poderá copiá-lo em suas anotações. Continuarei, após desarrolharmos mais uma garrafa, contando como foi a captura das virgens.

XII

A importância que as meninas puras, ainda não descabaçadas, adquirem numa orgia como essa que se preparava,
envolvendo o *creme do creme*, como se expressa o presidente Curval referindo-se a si mesmo e a seus pares, é enorme. Embora, como já observamos antes, faltasse pica dura
com que afrontá-las entre pelo menos metade dos promo-
tores. Após estabelecido o número de oito meninas para
preencher o contingente das virgens, preparei-me para
buscá-las nos subúrbios pobres da cidade, onde é possível
corromper famílias necessitadas. Ao mencionar minha
intenção, fui severamente advertido pelo presidente. Em
absoluto não lhes interessavam meninas criadas sem o
zelo da aristocracia. As jovens puras deveriam pertencer às
melhores famílias de Paris. Fui surpreendido, mais uma
vez, pela ousadia dos "amigos", e embora me esforçasse
não conseguia compreender como seria possível convencer

famílias ricas ou nobres a entregarem suas formosas crianças para o divertimento de libertinos devassos. Não haveria fortuna possível para resgatar tal encomenda. O presidente me esclareceu a operação. As meninas seriam seqüestradas. Mas como, senhor marquês, como as entregariam de volta? Seria admitir o crime. E novamente ele me deu a luz: elas não retornariam. Mesmo um assassino, como eu, sentiu o profundo choque da afirmação. Se fossem meninas do povo, eu poderia entender, mas eram filhas e netas de seus pares! O presidente notou a minha perturbação e sorriu de uma forma inesquecível. "Tua fragilidade vem da estupidez, Mathieu", ele me disse. "Somos a força da natureza e não devemos satisfações a ninguém", continuou falando, enquanto enchia sua taça. "Aqui está a lista de 130 meninas; dessas, seleciona as oito escolhidas entre as mais belas. Prepara uma equipe competente e sai a campo", determinou por fim. Apanhei o papel e me retirei. Bem, talvez o senhor pense como o presidente e me ache um tolo. Mas instruí-me na libertinagem e acho que estou imune à virtude como jamais estive. Tanto que efetuei o seqüestro de todas após observar durante meses cada uma delas e escolher as oito que me pareceram mais perfeitas.

Gostaria de narrar um fato ocorrido no período dos seqüestros. Talvez tenha sido meu último momento virtuoso, se podemos nos referir dessa maneira. Se conto ao senhor, é porque julgo que um escritor deva saber de tudo.

Uma das escolhidas foi a jovem Gisele, cujo seqüestro foi comentado em toda a Paris, bem como os demais, com a diferença de que essa menina retornou à casa. Raptei-a após matar o seu guarda-costas e a conduzi ao depósito onde as outras estavam, antes de partirem para Sillings. Mas, no caminho, encantei-me por ela. É bom lembrar que eu escondia o rosto numa máscara que só deixava entrever minha boca. Gisele choramingava o tempo todo e a cada momento me parecia mais graciosa. O coche percorria uma estrada deserta ao cair da tarde quando o fiz parar e a interroguei. Estaria ela interessada em salvar a vida? Cessou os soluços sem me responder, mas era possível saber que entendia o que a aguardava. Eu estava apaixonado por minha presa e dizia isso a ela, de certa forma. Simplesmente não a libertaria sem uma razão forte. Expliquei que sua virgindade condicionava seu destino. Ela não percebeu, de imediato, o que eu estava querendo dizer. "Vou salvar tua vida porque não és mais pura", expliquei melhor e comecei a tirar sua roupa. Custava a perceber e resistia, mas estupro não é matéria em que sou iniciante e a desnudei rapidamente. A sua carne nua era tão bela quanto encoberta. Cobri-a de beijos, marquês, e a penetrei, sem culpa, muitas vezes. Gemeu e chorou como uma criança faria em tais condições. Para que não engravidasse, gozei apenas em sua linda bunda. Eu era um benfeitor enquanto a penetrava. Deixei-a a poucos metros do portão do château de seu pai, sã e salva. Relatei aos "amigos" que ela era impura e eles admitiram que não estava preparada para a orgia dos 120 dias. Foi a última manifestação de meu coração açucarado, marquês! Alguns meses antes de se iniciarem os trabalhos, todos os participantes estavam lá, menos as narradoras. Havia meninas seqüestradas e oito fodedores contratados, além de camareiras e cozinheiras em Sillings.

XIII

O dia 31 de outubro do ano passado marcou o início dos trabalhos e havia um estatuto a cumprir. O senhor poderá copiá-lo. Estabelece regras a serem cumpridas e as condições de escravidão absoluta em que se encontrariam os participantes. Pior do que escravidão... Suas vidas estariam voltadas unicamente ao prazer dos "amigos" e as condições seriam as piores possíveis para quem se levantasse com voz própria diante de qualquer deliberação. Há uma capela em Sillings. Construção encomendada pelo antigo proprietário. O feroz ateísmo dos "amigos" determinou que ali seriam instalados os sanitários. Qualquer pessoa só era autorizada a se descarregar ali. A quebra da regra era punida com a morte. O duque de Blangis leu o terrível regulamento para todo o grupo no auditório em que estamos agora. Aquela cadeira ao centro serviu para as narradoras sentarem todas as noites, durante as sessões de histórias. O duque deixou bem claro que qualquer tentativa de fuga seria severamente punida. Conforme não preciso lembrar-lhe, é praticamente impossível fugir de Sillings. São horas de caminhos tortuosos nas profundezas de uma floresta, antes de se chegar ao sopé da montanha que abriga o castelo. A região está além das fronteiras da França e aqui a única lei é estabelecida pelos "amigos". Enquanto o duque fazia o sermão de abertura estabelecendo as regras a serem cumpridas, as mulheres choramingavam, certas de que desciam aos infernos, ainda em vida. O duque deixou claro que o único objetivo era o desvairado prazer daqueles homens, cujo poder econômico permitia que desfrutassem da existência de outros. A única força acima deles era a vontade da natureza, compreendida como o instinto de cada um, sem o freio da civilização e muito menos de qualquer forma de religião. A embriaguez e o vício seriam as regras doravante até o mês de fevereiro do próximo ano, quando se completariam os 120 dias de Sodoma. As violações de cus e bocetas estavam marcadas para o segundo mês em diante. O objetivo era acirrar o desejo dos fodedores até o limite, arrancando deles a fúria desejada. Em primeiro de novembro, às dez horas da manhã, tiveram início os trabalhos, o que consistiu em reunião aqui no auditório, após o café, para a narrativa inaugural de madame Duclos sobre sua vida nos bordéis. Mas, contado assim, tudo parece muito normal. Durante a primeira refeição, Curval se encantou pelo pau de um dos fodedores e se fez penetrar ali mesmo. Essa atitude assanhou os outros amigos e a orgia teve início. Tudo na frente das esposas que assistiam, caladas, respeitosas e nuas, ao destempero dos maridos. Minha função era manter a ordem utilizando a força, se necessário. Os descontroles aconteceram mais no começo e depois, por razões mais claras, no final. No primeiro dia, madame Duclos narrou sua desgraçada infância e a forma como se vingou da própria mãe em represália ao tratamento recebido. O duque interrompeu a narradora e a cumprimentou, argumentando que as mães recebem sua paga durante o coito, quando gozam para procriar. Além do que, segundo ele, dar a vida não é dar a felicidade, muito antes pelo contrário, as mães nos lançam num mundo cheio de perigos e uma vez nele, cabe-nos defendermo-nos como pudermos. O duque aproveitou para contar como havia assassinado a sua mãe na primeira oportunidade que teve. Essas palavras exasperaram Sophie, uma das meninas raptadas, cuja mãe fora morta durante a operação de seqüestro. Ela soluçou, infringindo uma das regras básicas do regulamento. O duque veio em sua direção, praguejando. Ela correu para escapar de sua sina, mas a agarrei e a entreguei, agitada, a Blangis, que já exibia o pau ereto. Tudo aquilo o excitara muito. Por outro lado, os defloramentos tinham data marcada. O duque se contentou em ordenar que a menina se desnudasse, após o que lançou esperma sobre sua barriguinha branca e sua bocetinha pelada. As narrativas de madame Duclos enlouqueciam os "amigos". Ao ouvirem detalhadamente o dia-a-dia das práticas de bordel, queriam reproduzi-lo com as crianças logo depois. Tudo isso acontecia entre refeições, que eram formidáveis banquetes regados por vinhos variados. Não é preciso dizer que no meio de cada tarde os "amigos" perambulavam completamente bêbados pelos salões de Sillings. Por falar nisso, vamos abrir mais uma garrafa. O senhor marquês, enquanto ouve todas essas indecências, fará anotações? Devíamos ter pensado em providenciar algumas prostitutas que o aliviassem após a narrativa. O senhor não acha?

XIV

Utilizei matilha de cães adestrados para guardar a área externa do château depois do toque de recolher. Os ânimos exaltados pelo fogo da loucura poderiam conduzir a alguma tentativa de fuga e minha cabeça estaria a prêmio se alguém desaparecesse. Embora entre os visitantes de Sillings não houvesse par num confronto comigo, não era minha intenção incompatibilizar-me com os "amigos", especialmente com o presidente Curval. As narrativas e as cenas como aquela do duque masturbando-se sobre a menina nua excitavam-me, é claro, como aos demais, mas minha função era específica: a segurança. Eu não estava incluído entre os que viveriam a ciranda de orgias que se anunciava. O presidente Curval, com sua inteligência extrema, talvez tão grande quanto sua demência, percebia isso e mandava sua mulher ao meu quarto para que aliviasse minha tensão. Ele sabia como eu apreciava gozar na boca de Julie, além de penetrar as demais aberturas de seu corpo roliço. A manhã do quarto dia surgiu com notícia de difícil análise quanto ao que poderia provocar em termos de mudanças: Constance, esposa do duque, estava grávida. Mas de quem? Todos os "amigos", com a possível exceção do bispo, que nos últimos tempos só se encantava por paus, haviam colocado um pouco do seu sêmen em sua vagina. Agradeci, não a deus, mas a qualquer providência de plantão, o fato de Julie não estar grávida. Dividir um possível filho com os "amigos" não era das coisas mais agradáveis. Mas, como eu dizia, Constance anunciou a sua gravidez, fato que a isentou dos serviços pesados de auxílio na cozinha, coisa que as outras esposas eram obrigadas a realizar. O presidente Curval observou, na frente de todos, que quando a barriga crescesse eles poderiam organizar uma orgia apenas para aproveitar a excepcional forma física da esposa do duque. Afinal, os seios túmidos das grávidas apresentam sabor especial. Outro momento interessante deste quarto dia foi quando o banqueiro Durcet brochou de forma irreversível. Seu pau era incrivelmente pequeno e ele passara a noite anterior vestido de mulher em lua-de-mel com dois dos fodedores contratados, Hercule e Antinous, ambos possuidores de paus com mais de vinte centímetros. O banqueiro mal conseguia caminhar, mas insistia em conseguir uma ereção, masturbando-se diante de duas meninas nuas. Após o café, a primeira diversão dos "amigos" era acompanhar os convidados até a latrina da capela, onde todos cagavam ao mesmo tempo e publicamente. Os odores e a visão dos dejetos excitavam os libertinos. Após descarregarem, seguiam até o auditório para apreciar as deliciosas narrativas de madame Duclos. Um detalhe: em Sillings eu soube da preferência que madame tinha por mulheres em sua cama. Podia escolher qualquer das seqüestradas, uma vez que não as deflorasse, pois seus hímens eram reservados aos "amigos". Posso afirmar que as orgias sem as histórias contadas por madame não seriam a mesma coisa. Ela dava um colorido obsceno às festividades.

XV

Os dias corriam em Sillings, não se pode dizer que monótonos, dada a situação fora de qualquer cotidiano que a humanidade tenha imaginado, mas semelhantes. Os meninos e meninas puros, que aguardavam seu defloramento para o fim do ano, vestiam-se com trajes especialmente imaginados para eles. A cor do laço do vestido das meninas determinava qual dos meninos seria o seu par. Não sei se lembrei de esclarecer que seriam feitos casamentos, para que os "amigos" pudessem observar e se divertir com as núpcias. O bispo era o que mais se descontrolava diante da presença de um dos fodedores nus. Eles eram, eventualmente, convocados a se despirem durante o café-da-manhã e o digno representante do clero preferia beber na pica de um deles o seu desjejum. As longas narrativas de madame Duclos não ficaram registradas de nenhuma forma, mas o senhor marquês poderá procurá-la em Paris e conseguir que ela lhe repita o que nos contou. Minhas atividades paralelas não permitiam que eu ouvisse tudo o tempo todo. Lembro que enquanto ela descrevia as manias desse ou daquele cliente, um dos amigos a interrompia para executar a tal fantasia ali, na frente de todos. Assim é que, numa tarde dos primeiros dez dias, eu recordo, entrei no salão quando madame contava sobre uma estranha tarefa imposta a ela por um cliente importante. Durcet, o banqueiro, a fez cessar a narrativa aos gritos de: "Quero já! Quero já!". Um fodedor foi convocado para peidar na altura do rosto de Durcet, que pedia mais e mais. Como sabemos, os gases da digestão não nos vêm ao bel-prazer. Então, outros fizeram fila e uns conseguiam, outros não, peidar no rosto e na boca do banqueiro, que havia exposto a pequena pica e se masturbava enlouquecido. A cerimônia prosseguiu na esperança de que ele conseguisse esporrar. Após meia hora, que bastou para infestar o salão de fedores variados, o homem conseguiu esvair-se num gemido profundo. Foi nesses dias, também, que o duque se encantou por madame Duclos, uma bela mulher de 45 anos. Apesar de contar com um elenco de meninas e de prostitutas variadas, Blangis acendeu seu fogo por madame. Ela não o evitou, apesar de seu contrato estar ligado a narrativas, especificamente. Várias noites, após o jantar e quando todos se bolinavam ou se penetravam, o duque e madame se recolhiam a uma das alcovas para que ela o chupasse até o gozo. Sei disso porque madame tem comigo uma intimidade de que não conheço a natureza, mas ela me conta tudo. Está sonolento, senhor marquês? Bebemos muito vinho e o senhor chegou de viagem. Amanhã recomeçaremos. Logo após o café-da-manhã. Às dez, está bem? Bons sonhos.

XVI

Eu não assistia a todas as sessões narrativas, mas foi ficando claro que os casos contados davam o tom na orgia dos "amigos". Era como se a fala de madame fosse a partitura a ser executada. Com o crescente envolvimento de merda nas histórias, excrementos de meninas e meninos e de fodedores se tornaram cada dia mais valiosos. Era preciso estar cedo na capela para controlar o fluxo dos convidados. Não era permitido afrouxar-se mais de uma vez por dia, para que restasse material para as orgias, que em cada jornada fedia mais. Digo eu, porque para os "amigos" aquilo era perfume. O presidente Curval flagrou-me de cara feia diante de Durcet deitado no chão, recebendo na cara as fezes de uma das meninas. Tratou-me como um ignorante que não conhecia as coisas realmente boas da vida. Deu-se o trabalho de defender sua tese de que o ignominioso é o que realmente abrilhanta o espírito. Fingi concordar, mas me revoltava o estômago, e não só o meu. Todos os demais vomitavam, mas o vômito também era bem-vindo. Eu dizia que as histórias davam o tom das orgias. O que percebi, embora não acompanhasse inteiramente as narrativas, é que eram poucas as penetrações. O sêmen geralmente era lançado fora pela excitação causada por outros meios. Isso se repetia nos bacanais. Só os fodedores penetravam, enfiando seus paus monstruosos nos cus dos "amigos". É verdade que o grande descabaçamento estava previsto para o próximo mês. Um episódio especialmente característico se deu entre o presidente Curval, sua filha Adelaide e Sophie, uma das meninas. As duas dormiram juntas numa das noites em que a embriaguez nocauteou os "amigos". Não sei como o presidente descobriu, mas acordou todo o château gritando que sua filha fazia pregação religiosa com a menina virgem. Segundo meu patrão, Adelaide recomendara oração a Sophie, pedindo a deus para escapar daquela enrascada. Ele se enfurecera. Arrastou a filha pelos cabelos até a cama e a amarrou. Amargaria alguns dias sem comer. Recomendou que pedisse ajuda ao seu deus do céu. Poucas coisas irritam mais os "amigos" do que referências a divindades. Um crente diria que eles têm parte com o diabo. Aliás, em termos de crueldade, o presidente Curval só perdia para o duque, logo após os dois estava o bispo e, por fim, Durcet. Não que o banqueiro fosse menos malvado, mas não se via tanto nele o prazer pelo sofrimento alheio. Ao fim da segunda semana de clausura em Sillings, uma pavorosa nevasca mergulhou a região em isolamento ainda maior. O manto de neve parecia acobertar ainda mais os crimes que aqui aconteciam, essa foi a conclusão que o duque expressou no café-da-manhã, espalhando calafrios em todos os que tinham seus destinos atrelados às decisões dos "amigos". Justamente na noite em que o clima mergulhou o château no mais profundo isolamento, Durcet tomou a palavra durante o jantar. Fez um discurso contra benevolência e gratidão, que para ele seriam formas de dominação. Segundo o banqueiro, quem procura dar-nos prazer apenas quer aumentar sua ascendência sobre nós e nos tornar seus devedores. A natureza só trabalha no sentido do próprio interesse e somos nós a natureza. Cada um por si é a única forma de progresso possível, foi dizendo o magnata das finanças, a cada minuto mais excitado. Depois que o banquete acabou, eu o ouvi cochichar com o duque de Blangis e este me chamou para conversar. Queriam a roda de tortura no salão. Durcet insistia em praticar alguma infâmia de maior vulto. Haviam trazido algumas máquinas que estavam guardadas para o momento certo, que segundo eu entendera não aconteceria antes do próximo ano. Mas o banqueiro resolveu apressar as coisas. Quando voltei arrastando a estrutura dentro de dois sacos, as crianças não estavam mais na sala, apenas os "amigos" e as quatro prostitutas velhas. Curval e Durcet discutiam sobre a quais limites, àquela altura, se deveria chegar. Estavam todos bêbados e andavam em ziguezague no salão, alterados. As quatro prostitutas velhas representavam o que há de mais decadente e lamentável. Também foram convocadas as narradoras. Os demais foram para seus quartos. Passava da meia-noite quanto terminei de montar a máquina. Era uma roda, espécie de engrenagem que prendia os dois extremos de uma corda em direção contrária. A vítima era colocada ali e a roda era acionada até que o corpo se dilacerasse, no ritmo que o carrasco imprimisse. O monsenhor observou que tal engenho calava a boca dos que diziam que a Igreja nada fizera pela humanidade. Afinal, era instrumento que a Inquisição havia adotado. Durcet colocou uma sacola com moedas de ouro sobre a mesa. Convocou as prostitutas a disputá-la. O acordo era o de que, para arrecadar a quantia, era necessário fazer com que cada um dos quatro "amigos" esguichasse o sêmen na frente dos demais. O não-cumprimento da tarefa levava a participante à roda. Após angustiantes minutos de silêncio absoluto, Curval gritou, como um possesso, que se ninguém se apresentasse para a prova haveria um sorteio para indicação compulsória. As miseráveis mulheres, em lastimável estado de conservação, com suas bocas horríveis, assemelhadas a crateras negras, preferiram que a sorte decidisse por elas. Durcet jogou os dados que trazia no bolso e após dois desempates uma tal de Céline foi a escolhida. A desgraçada já bebera além do que seu organismo alquebrado e viciado podia absorver e a tarefa parecia a todos nós impossível de cumprir, mas antes de se entregar à roda ela tentou. Justamente Durcet foi quem ela escolheu para primeiro catar um orgasmo do fundo de seu prazer esquisito e zombeteiro. A pobre Céline se esforçou com sua mão enrugada. O pequeno pau do banqueiro parecia mais morto e minguado que as possibilidades da jogadora. Ela tentou usar a boca para excitar aquela ferramenta desmaiada. Os "amigos", as narradoras e as outras velhas formaram torcida e davam sugestões. O presidente Curval sugeriu que Céline enfiasse uma estaca no cu do banqueiro, que tinha especial preferência por picas. Mas as forças dela e sua auto-estima trabalhavam contra. Após meia hora de tentativas ela caiu sentada no chão e as lágrimas saltaram de seus olhos, em desespero. Durcet conduziu a mulher para a roda pessoalmente. Prendeu as algemas ele mesmo e não deixou para mais ninguém a tarefa de conduzir a roda dentada, ponto a ponto, enquanto os gritos fracos da desgraçada iam aumentando. Esse exercício fez seu pequeno pau crescer e, em alguns minutos, ele gozou. O duque acrescentou que fora perfeita a coordenação entre o orgasmo e a morte de Céline na roda. A afirmação era retórica. Ninguém poderia provar que ela morrera no mesmo instante. Sua cabeça já pendia caída e seus gemidos cessaram bem antes. Abriram-se garrafas de vinho. Embrulhei o cadáver da velha num encerado e desci até a beira do abismo em frente ao château. Lancei de lá seu corpo, que talvez tenha alimentado os lobos, quando a tempestade cessou.

Bem, vamos nós beber o primeiro vinho do dia? Que tal esse borgonha da adega do duque?

XVII

O desaparecimento da velha prostituta levantou, na manhã seguinte, em todos os demais, a suspeita de que não sairiam com vida de Sillings. Diante de tal expectativa ou se buscava a fuga, quase impossível, ou se conseguia a proteção de um dos "amigos", que definiam o desfecho de tudo. Eu estava numa posição privilegiada, porque era o cão de guarda. Sem mim, aqueles quatro homens de meia-idade ou mais velhos não teriam poder sobre os demais. Julie passou a me visitar quase diariamente, quando me arrancava um orgasmo de forma sempre bem competente. Imaginava, eu creio, que pudesse protegê-la de seu marido. Não era aposta totalmente sem fundamento. O certo é que junto com o tempo fechado durante vários dias também se instalou um clima de medo e insegurança. O presidente Curval estava em campanha contra Constance, a prenhe. Ele não suportava uma independência que a bela mulher apresentava diante dos "amigos". Ele também jul-

69

gava que sua gravidez era um artifício para escapar dos castigos e trabalhos a que as mulheres eram submetidas. O presidente pressionava para que forçassem um aborto, coisa que seria transformada numa sessão de tortura. Mas a infeliz grávida também possuía seus defensores e entre uns e outros se estabeleceu um cabo-de-guerra. Finalmente, ficou decidido que madame Duclos aplicaria um castigo de cinqüenta chicotadas em Constance, para que ela pagasse por se haver recusado a ser enrabada pelo presidente. Tudo se acalmou com essa decisão conciliadora. Foi nesse dia também que os "amigos" resolveram intervir na formação da merda dos convidados. Por sugestão de madame Duclos, foi retirada a sopa e o pão, sendo substituídos por carne de caça. Viriam a observar nos próximos dias mudanças importantes na consistência, cor e odor das fezes matinais. O presidente Curval teve um acesso de ódio contra si mesmo na hora do almoço e exigiu que duas das velhas prostitutas lançassem merda sobre ele e depois o chicoteassem até cansarem seus braços extenuados. Num desses dias sombrios, o duque se embriagou de tal maneira que insistia em violar a bunda de Sophie, procedimento impedido pelo estatuto dos defloramentos, que propunha esse crime para o mês de dezembro e janeiro. Mas não era fácil demover o duque de Blangis da idéia de apoderar-se da formosa bunda da menina. Ele a desnudou na frente de todos e, ajoelhado, enfiou a cara entre suas belas nádegas. Até aí, nada de mais. Quando a agarrou pela cintura e a carregava para o quarto teve seu caminho impedido por Durcet e pelo bispo. Curval, que naquele momento se divertia com a pica de Hercule em um dos cantos do salão, ergueu o braço solicitando minha presença. Só o que aplacou a loucura do duque foi a ameaça de cobrança de mil ducados de ouro como multa, se ele insistisse em sua intenção. Quando ele caiu sentado numa das cadeiras, o presidente Curval me entregou a menina para que eu a tirasse dali. Levei a pequena em meus braços, nua. Agarrada ao meu pescoço, senti sua pele palpitante e quente e tive uma ereção imediata. Entramos no dormitório, que àquela hora estava vazio. A menina ainda choramingava sem querer se separar de mim. Apalpei-a delicadamente e a beijei nos seios e na boca. Carinhos que correspondeu. Pedi que ficasse ali e saí do aposento tentando imaginar até que ponto ela negociava alguma proteção comigo.

XVIII

Quando a nevasca se dissipou completamente e o sol surgiu, o presidente ordenou que eu montasse no salão as máquinas de tortura em caráter permanente. Havia a roda, inaugurada com a velha prostituta e mais a forca e o cadafalso. Uma quantidade de apetrechos completava o quadro de terror: vários tipos de chicotes com pontas metálicas e coroas de arame farpado. O objetivo de expor os engenhos era difundir o terror. Na mesma tarde em que as máquinas foram armadas no salão houve o primeiro casamento de crianças. Um jovenzinho chamado Zélamir se casaria com a menina Colombe, de 13 anos. Ambos estavam de branco, com guirlandas de flores sobre os ombros. Após os votos, o monsenhor informou que o noivo poderia beijar a bunda da noiva. A saia de rendas foi erguida, com o formoso traseiro à mostra para o menino homenagear. Os "amigos" ficaram muito excitados com a brutal ereção do rapazola ao beijar as nádegas redondas da menina. Os avanços para o descabaçamento da pequena evoluíam rapidamente, mas o bispo interferiu e se pondo de quatro em frente ao noivo exigiu que ele aproveitasse aquela torre para dar prazer ao clero. Que decepção! Todos riram muito. E nós, marquês? Vamos saborear umas codornas recheadas antes de continuar?

XIX

A verdade é que a loucura foi tomando conta dos "amigos". Suas idades avançadas também interferiam em seus desempenhos. Caminhavam trôpegos, mesmo no período da manhã, devido aos excessos da noite anterior. O presidente Curval discursava, informando a todos que seu prazer era onda de carga elétrica que percorria seus membros e que só poderia ser amenizada por orgasmos sucessivos e dores terríveis. Seguidamente, solicitava que alguém o açoitasse ou enfiasse qualquer objeto volumoso em seu rabo. Mas a surpresa do vigésimo oitavo dia foi na capela, no momento das caganeiras, quando havia a contagem dos convidados. Invictus e Hebe haviam desaparecido. Um dos fodedores e uma das virgens. Curval e o barão me ordenaram encontrar os dois. Haveria enforcamento naquela tarde, Blangis gritou. Armei-me e percorri a propriedade. O próprio château, primeiro. A surpresa desagradável foi encontrar meus cães farejadores mortos. Os três mastins jaziam esticados no canil, com olhos baços. Foram envenenados. Invictus planejara tudo. Se apaixonara por Hebe? Durcet lembrou que sua orgia na noite anterior fora, justamente, com o casal fujão, e a bolsa do banqueiro fora aliviada de alguns milhares de francos. Parti imediatamente, considerando que levavam algumas horas de vantagem, mas estavam a pé. As cocheiras eram trancadas com rigor e não dei falta de nenhuma das montarias. Quando estava pronto para a caçada, o presidente Curval me abraçou e sussurrou em meu ouvido que o dinheiro roubado e o cabaço de Hebe, se ele ainda existisse, seriam meus. Queria o fugitivo enforcado no pátio de Sillings. Mais uma vez demonstrou seu profundo conhecimento dos homens. Seria grande minha tentação de roubar o casal e me desfazer dos corpos. Essa situação já estava prevista por ele. "Não é à toa que presidira a Justiça de Paris", pensei. Sugeri ao presidente que trancasse todos em seus quartos até a minha volta. A morte dos cães aumentou meu ódio por Invictus. Não que eu nutrisse qualquer afeto especial pelos animais, que foram adquiridos para a ocasião, mas porque me exigiria a criação de um novo sistema de alarme para o tempo que faltava até o fim das orgias. O íngreme caminho que eles percorreriam era quase todo declínio, o que aumentava a vantagem dos dois. A nevasca havia piorado as condições da estrada, se pode ser chamada assim a trilha que leva ao castelo. O senhor a conhece, marquês. Foram muitas as horas balançando até aqui, certo? Que cabeça a de Invictus! Um homem de trinta anos imaginando que poderia escapar assim. Eu tinha uma luneta. Avistei-os quase no sopé, quando ainda estavam algumas horas na minha frente. Nos dois anos de preparação da orgia voltei ao château algumas vezes e, durante as longas viagens, imaginei a situação que de fato se apresentou. Previ os atalhos possíveis e anoitecia quando surgi na frente dos dois numa curva do caminho. Invictus parecia estar diante do próprio demônio. Talvez estivesse, realmente. A pobre Hebe foi empurrada por ele para o lado e ficou caída à beira do caminho. Ele sacou um facão que roubara da cozinha. Lembrei de meu sábio comandante na frente de batalha, que recomendava: "Se possível, não lute!" Aconselhei que baixasse a arma. Argumentei que eu mesmo estava cansado de servir àqueles loucos. Se ele dividisse comigo o dinheiro e a menina, em dez dias de viagem estaríamos felizes em Paris. Para ajudar em sua decisão lancei meu sabre aos seus pés. Um lance ousado. Se ele apanhasse a arma e viesse para o combate eu iria penar. Mas apostei com acerto que a única arma de Invictus estava entre as pernas. Gaguejou que havia pouco na bolsa de Durcet, o que era mentira. Ofereceu-me dois mil francos. Pedi três mil para não brigarmos e ele aceitou. Estendi a mão e avancei lentamente. Acabou estendendo a sua também e o facão ficou frouxo, ao lado da perna. Quando nossos dedos se tocaram agarrei seu braço e o puxei para baixo. Saquei o punhal que trazia atravessado no quadril e o enterrei em suas costas. Ouvi o grito de Hebe, enquanto aplicava mais dois golpes que calaram o traidor. Ela ficou paralisada, enquanto revistei o cadáver. Em sua bolsa estavam os dez mil francos. Estendi a mão para a menina que agora era meu troféu. Subimos juntos ao local onde eu deixara o cavalo. Apanhei corda, amarrei o corpo de Invictus pelos pés e montei com a menina entre minhas pernas. O cadáver subiu de arrasto, mas era importante exibir o traidor para servir de exemplo. Durante a viagem de quatro horas apalpei Hebe até gozar. Ela se entregara ou fora tomada pelo fodedor. Fiz com que me abraçasse de frente e a penetrei enquanto marchávamos de volta.

XX

Precisei ser duro com o presidente. Ele e os "amigos" queriam enforcar Hebe. Argumentei que ele me oferecera a menina e agora ela me pertencia. Era minha serva. O cadáver de Invictus foi crucificado no jardim. Expliquei que ele resistira à prisão. Se a viagem de volta fosse com o traidor vivo a demora seria grande. O presidente Curval acabou cedendo, até porque a segurança deles dependia de mim, eu estava consciente disso. O poder se apóia na força, e eu era a força. Sem os cães tudo se tornou mais difícil, mas elaborei um sistema fechado. A saída para o pátio do château só aconteceria em grupos, de ali por diante. No restante do tempo todas as portas permaneceriam trancadas e as chaves com os "amigos". Hebe passou a morar em meu quarto. A loucura dos "amigos" aumentava e novas regras eram criadas. Numa delas, especialmente estranha, havia a determinação de que antes do café-da-manhã cada um dos convidados pronunciasse com voz clara e alta: "Deus que se foda, meu cu tem merda. Quer um pouco?" Quem se recusasse era açoitado no jardim. Tal frase não afetava em nada a mim e a muitos dos rapazes, mas perturbava as meninas e meninos e algumas das esposas, que possuíam rígida formação familiar e consideravam grave a blasfêmia. Eu, que fora criado na rua e só estava vivo em razão de minha aspereza, só podia querer que deus de fato se fodesse. Foi um homem duro e sem coração como Curval que me fez ler e escrever e me forçou aos livros para melhor poder "praticar a usurpação", como ele dizia. As crianças gaguejavam para desejarem que deus se fodesse. As brincadeiras e prazeres envolvendo a merda eram cada dia mais as preferidas dos "amigos". Assim, baixaram recomendação de que ninguém mais se limpasse após defecar, para que o ambiente assumisse o clima necessário. O conde instituiu o concurso da mais linda bunda suja. As meninas desfilaram e Durcet perdeu o controle agarrando-se ao traseiro de Sophie e lambendo seu cu, até deixá-lo inteiramente limpo. Todos aplaudiram a iniciativa e outros o seguiram, lambendo a bunda dos rapazes. O bispo preferiu essa opção, e o presidente Curval, também. Eu, alegando razões de segurança, escapei da obrigação de me manter sujo para o prazer dos "amigos". As máquinas de tortura armadas no salão pareciam exercer um fascínio cruel sobre eles. Buscavam razões para utilizá-las com alguém. Não que precisassem de tais expedientes, mas eu ouvira uma conversa, sem o desejar, entre os amigos sobre a tortura generalizada no mês seguinte. O presidente Curval insistia em enforcar Constance, cujo ventre se avolumava. Seu argumento era o de que a gravidez era crime que deveria ser punido com a morte, mas a mulher ainda desequilibrava os apoios em seu favor. No dia seguinte ao episódio de Invictus, madame Duclos deu um espetáculo especialmente interessante. Um dos meninos, de treze anos, chamado Giton, lhe foi entregue para que o fizesse gozar. Dentro de uma roda que incluiu todos os convidados, estava o menino nu. Madame chegou usando um traje cheio de rendas e tecidos transparentes que revelavam sua bunda e seios. Ela manipulou o pequeno instrumento do menino com tal habilidade e leveza que ele enrijeceu. Ela então o botou na boca e o chupou com prazer, supomos. Madame é uma atriz. Logo Giton esguichou a clara no rosto da cafetina. Todos aplaudiram, gritaram, e Durcet exigiu que algum dos fodedores o enrabasse imediatamente.

XXI

O trigésimo dia assinalou o encerramento do depoimento de madame Duclos. Todos estavam encantados com ela, sua fluência e capacidade de prender a atenção do público contando histórias sujas. O duque fez um discurso no café-da-manhã ressaltando as qualidades narrativas e prazerosas da cafetina francesa. Blangis freqüentemente levava madame para sua cama e a enrabava antes de adormecer. Como era um dia especial, fui convidado a assistir ao depoimento, que normalmente eu não podia prestigiar em função de minhas atribuições como segurança. Era o horário em que eu fazia vigília completa na área externa do castelo. Bem, nesse dia Duclos falou do conde de Lernos, personalidade bem conhecido do Grande Mundo parisiense. O nobre tinha prazer em assistir, de um ponto de observação privilegiado e oculto, a encontros amorosos entre pessoas que nunca antes haviam se tocado. Sua equipe arrumava homens e mulheres recrutados nos mais diversos segmentos sociais. A negociação envolvendo dinheiro era apenas um dos argumentos. Os agentes do conde freqüentavam salões e conventos, teatros e quartéis, buscando pessoas que quisessem se entregar a outras, para que Lernos as pudesse observar e masturbar-se, é claro. Outras histórias foram narradas, como a de Desportes, presidente do Conselho de Magistrados, que contratava madame para peidar em seu rosto enquanto ele fingia indignação e corria em seu encalço de açoite em punho. Mas nunca lhe surrava. Encurralava-a contra a parede. Ele ouvia Duclos pedir perdão, após o que o libertino gozava em sua boca. Ainda sobre espiar o prazer que outros sentiam, madame contou outra história ainda mais curiosa. Um rico comerciante a procurou para que arranjasse libertinos que se divertissem com sua mulher e sua filha. Deveriam ser cavalheiros de bom gosto que praticariam apenas duas ações. Cagariam sobre os seios de sua mulher e gozariam na boca de sua filha enquanto ela exibia a bunda nua em frente ao buraco de observação. O cliente de madame se masturbava escondido na sala ao lado. Duclos explicou que ambientes para espiar são comuns nos bordéis franceses. O dinheiro arrecadado com as duas era de madame e o comerciante ainda pagava dois luíses por cliente. Enquanto essas narrativas se desenrolavam, os "amigos" ficavam excitadíssimos e iniciavam a orgia com os convidados. À tarde, aconteceu a despedida de madame Duclos como narradora. Ela apresentou madame Champville, que seria a próxima animadora das orgias. Fez votos de que ela fosse mais enérgica e criasse imagens mais vivas, além de pronunciar as palavras com melhor dicção. Após a demonstração de humildade, desceu do trono. A partir do dia seguinte a nova cafetina assumiria as funções e madame ficaria apenas atendendo aos prazeres dos amigos. Especialmente o duque, que se dizia apaixonado por sua bunda.

XXII

As atividades conduzidas por madame Champville eram, segundo o planejamento dos amigos, pertencentes ao grupo das paixões complexas. Toda essa arquitetura havia sido lentamente elaborada e eu fui obrigado a ler e decorar como um bom "coroinha libertino", como o presidente Curval gostava de se referir a mim, troçando. A partir daquele dia 1º de dezembro começaram os estupros e descabaçamentos anais e vaginais das meninas e meninos, assim como as blasfêmias profundas. Após a sessão geral de fezes na capela, todos tomaram o café-da-manhã e madame Champville veio para o trono. Sua história de abertura, como de praxe, era o capítulo inicial de sua própria vida libertina. Ela contou seu estupro anal aos 5 anos de idade. O homem que a havia adquirido de sua mãe só se interessou por sua vagina uma semana depois. Fanny, a menina que seria deflorada naquele dia, pôde se consolar por seu destino, afinal, aquela mulher, hoje uma bem-sucedida cafetina, teve início semelhante. Isso se Fanny não estivesse nas mãos de assassinos que planejavam seu martírio para o próximo mês. Após as narrativas de abertura, que constaram de outras histórias de que não me recordo, um tanto semelhantes entre si, que envolviam paus, cus e merda em abundância, monsenhor deu início aos procedimentos profanos e às blasfêmias principais. O bispo, que odiava a Igreja de uma forma visceral, aprendera tudo o que sabia de libertinagem no mosteiro e nas brincadeiras nos fundos do púlpito. Para o seu desempenho de iniciação aos trabalhos foi montado um altar no salão principal. Todo o aparato sacro foi trazido pelo santo homem. Cálice e hóstias, além de toda a tralha acessória, como toalha lilás e o "objeto mórbido", como o bispo se referia ao crucifixo. A costureira dos "amigos" preparou uma abertura na batina para que a bunda do monsenhor ficasse exposta. Todos os convidados se alinharam no salão com expressões pias para que fosse oficiada a missa solene de abertura dos trabalhos. Um cravo, executado por uma velha prostituta ilustrada, deu ao ambiente o enlevo necessário. Monsenhor proferiu as palavras iniciais em latim. Tudo era muito semelhante a qualquer ofício da Santa Sé até a entrada do duque de Blangis com a noiva, Fanny. Seu vestido branco também continha uma abertura que expunha a deliciosa bunda. Chegaram à frente do altar quando Blangis ordenou que a menina se ajoelhasse. O monsenhor consagrou a hóstia no cálice sagrado e a entregou ao duque, que pousou o disco branco de farinha de trigo sobre o ânus da virgem. Sacou então seu pau duríssimo e com ele enterrou o consagrado corpo de Cristo dentro do cu de Fanny. Monsenhor bateu palmas pedindo pau também e Antinous, seu preferido, entrou balançando o monstruoso instrumento. Enquanto enterrava sua vara no cu do bispo, este gritava e seus gritos se confundiam com os de Fanny e os gemidos do duque. Uma ópera de prazer embalada pelo som maravilhoso do cravo "bem temperado", como definiu o presidente Curval. Este ordenou, gritando aos demais, que se encaixassem perfeitamente. Todos ofereceram seus instrumentos ou seus buracos. Sentei Hebe em meu colo e penetrei seu rabo macio. Estava inaugurada a segunda fase dos 120 dias.

XXIII

Os desatinos provocados a partir do primeiro dia me obrigaram a reforçar a segurança, e eu não podia mais contar com o auxílio dos mastins. Fui forçado a cumprir uma rotina de guardião durante muitas horas. Um erro meu bastaria para que as fugas acontecessem. E essa falha se deu no décimo dia, quando participei do almoço e bebi muito. Eu, Hebe e Julie fomos para o meu quarto e mergulhamos numa orgia profunda. Esqueci por poucas horas que eu era apenas um empregado bem pago pelos donos de Paris. Adormeci após alguns orgasmos e acordei com as batidas na porta. O presidente Curval me solicitava. Sua camisa estava empapada de sangue. Naqueles dias passávamos boa parte do tempo ouvindo os gritos de suplício de quem estava sendo açoitado e eu já lançara mais três corpos no abismo. Curval informou que havia um levante contra Durcet. Um fodedor, uma menina e um dos meninos o haviam embebedado e amarrado numa das alcovas. Saíram pela janela após a terceira hora da tarde, provavelmente. O fodedor era Pierre, a menina era Rosette, e o menino, Hyacinthe. Minha cabeça rodava após tanto vinho e tanta foda, mas era meu dever. Armei-me e montei. Em cima do cavalo me dei conta de que minha saída poderia soltar os outros pássaros da gaiola. Voltei ao salão principal, onde o duque e madame Duclos perambulavam embriagados. Desci ao porão e encontrei Curval assistindo ao suplício de uma das prostitutas velhas que era açoitada pelo fodedor Bum-Cleaver, enquanto uma das meninas chupava o pau do presidente. Expliquei ao meu protetor o problema. Era preciso trancar as portas do château para que eu pudesse me ausentar. Ele compreendeu e permitiu que eu executasse o meu plano. Gastei quase uma hora para encerrar todos os ocupantes vetando a entrada por fora. Esse mecanismo havia sido projetado por mim para uma eventualidade como aquela. Parti logo depois. Desci a montanha pensando que para o bom desempenho de minha função era melhor liquidar os fugitivos. A loucura tendia a aumentar, e quanto menos pessoas eu tivesse que controlar mais fácil seria o meu trabalho. Depois de duas horas de caminhada pelo alto do penhasco avistei com a luneta os fugitivos. Só o desespero poderia fazer com que imaginassem a possibilidade de uma fuga dali. Caminhavam devagar pela beirada de abismos. Uma hora depois, em meu ritmo, estava sobre eles, numa trilha acima de suas cabeças. Podia vê-los, mas eles não me percebiam. Os assassinos não conhecem a compaixão, que é humana, se me permite a divagação, senhor marquês, mas não evitam o desejo, que é animal. Matar os rapazes era para mim uma tarefa, apenas. Mas destruir as possibilidades de prazer que a menina oferecia me custava. Raciocinei que poderia acrescentar mais uma cativa ao meu patrimônio. Era uma paga extra que o violento cão de guarda que me tornei cobraria. Aguardei que os fugitivos trilhassem uma passagem estreita, à beira do abismo que margeava todo o caminho. Saltei entre eles e bastou um empurrão para que despencassem até se perderem junto com seus gritos entre as rochas no fundo do despenhadeiro. A menina gritou apenas com o olhar e a tomei nos braços sentindo sua pele suave. De volta ao castelo, encontrei todos derrubados pelos excessos. Apenas as cozinheiras trabalhavam no preparo dos pratos do dia seguinte. Fui para a cama junto a minha nova aquisição e deitei entre ela e Hebe para adormecer como um justo.

XXIV

Bem, marquês, parece que o dia se acaba e estamos um pouco embriagados. Toda essa narrativa lhe excitou? Hebe está num quarto do primeiro andar e poderá lhe fazer companhia. O senhor gosta de meninas? Ainda aceita outra garrafa? Então vamos abrir mais um bordeaux antes de o senhor subir. Umas lascas de pernil de porco para acompanhar? Falta pouco para que a minha narrativa chegue ao fim. Mas comentei que Champville, a narradora do segundo mês, fora estuprada pelo amante da mãe aos 5 anos. Tal razão, ou outra, a fez adepta do tribadismo. Só sentia prazer com outras mulheres, embora seu corpo esguio excitasse os homens. Mas tinha prazer em esfolar um macho até a morte, se desse como certa a impunidade. O conde, sabendo dessa faceta interessante, utilizou-a para massacrar um dos meninos. Seu prazer em assistir ao sofrimento de alguém aparecia estampado no rosto. Ao final de dezembro, a casa fedia a merda e sangue e o horror se instalara. Até um assassino impiedoso como eu se sentia nauseado com o que ocorria aqui. O presidente Curval atribuía minha sensibilidade à estupidez das classes sociais inferiores, minha origem. Segundo ele, a idéia de deus contagia os pobres de espírito e os torna fracos e passivos. Mas ele mesmo ressalta aspectos vis na minha personalidade, que farão de mim um libertino se eu me impuser essa missão. Mas, como eu dizia, Champville era a narradora de dezembro. Suas histórias não atraíam tanto o interesse da assistência, mas isso não se devia ao seu talento para a oratória ou a qualidade do que contava, mas ao fato de que estava instalada a orgia mais desenfreada entre os "amigos". As meninas e meninos haviam sido deflorados e alguns assassinatos sob tortura foram cometidos. O gosto de sangue altera o equilíbrio dos homens e eles são regidos por outras forças, que ignoram as narrativas em nome de seus prazeres reais, sejam eles quais forem. Uma das cozinheiras, uma mulher de cinqüenta anos, parisiense, que trabalhara a vida inteira num bordel e assistira a muitos destemperos de libertinos, não resistiu ao que entreviu. Sim, apenas ao que pôde imaginar que acontecia enquanto ouvia os gritos das vítimas perecendo nas máquinas de tortura. A mulher perdeu o juízo e não conseguiu mais trabalhar, apenas chorava muito. Sugeri ao presidente jogá-la no abismo em frente ao château, para aliviar o seu desespero. Curval riu de mim, melhor, gargalhou de minha ingenuidade. "Como se perderia a possibilidade de preparar um cadáver futuro?", ele perguntou. A pobre mulher foi levada para a arena da morte, neste salão em que estamos. Mas as marcas foram desfeitas com água e sabão. Embora, se o senhor aspirar fundo, possa distinguir o aroma do sangue derramado. A mulher desnuda foi quebrada em vários pedaços com uma marreta. Em certo momento a vida que ainda a animava fazia com que aquele ser descosturado se sacudisse no chão, com pernas e braços descrevendo trajetórias irregulares. Era como um boneco de molas ensangüentado a quem um deus cruel permitiu gemer e gritar. Enquanto o horror se fazia, o presidente Curval e Durcet se masturbavam e o bispo manejava a marreta. Bem, por hoje chega, marquês. Mando Hebe ao seu quarto?

XXV

Quando Martaine, a narradora do mês de janeiro, iniciou os seus trabalhos, todos os sobreviventes se reuniram para ouvir a sua primeira história, que, como de praxe, descrevia a perda da virgindade da própria narradora. Martaine contou estupro semelhante ao que ocorrera com as demais. Ela recebera o pau de um homem adulto no cu aos 4 anos de idade. Igualmente, a mãe a vendera por alguns francos. A narradora explica que aquela passou a ser a sua especialidade: o coito anal. Neste momento o duque de Blangis viu Hebe ao meu lado. Desobedecendo a minha orientação, ela aparecera no salão. Ele chamou a menina, que me pertencia, e ela não atendeu a sua ordem. Então gritou e me adiantei, explicando que a recebera em pagamento da caçada ao desertor. Blangis retorquiu que todos os cus, paus e bucetas daquele château pertenciam aos "amigos", acima de qualquer outro acordo. Expliquei que o presidente Curval acertara comigo a posse de Hebe. O presidente, que ainda não se envolvera na contenda, me apoiou dizendo que a virgindade da menina já havia se ido por ação do traidor. O conde não se deu por vencido e falou que as regras eram claras. Ele penetraria quem desejasse em seus domínios. Chamou novamente por Hebe, que me olhou. Assenti. Não iria comprar briga por causa dela, que não deveria sair do quarto àquela hora. A menina se aproximou e o duque mandou que ela mostrasse a bunda. Abriu as nádegas de Hebe e observou o cu, claramente arrombado. Riu, observando que apesar de usado era um rabo em excelentes condições. Exibiu o instrumento grosso e mandou a menina sentar. Ela fez uma careta de medo e ele a agarrou pela cintura, fazendo-a receber o pau. Seu grito animou a platéia, que riu muito. Enquanto Hebe chorava enterrada no duque, o presidente correu até o palco e fez Martaine expor a bunda para os convidados. Ordenou que ela continuasse a narração enquanto ele a enrabava. Durante todo o dia os "amigos" foderam a pobre Hebe até se cansarem. Menos o bispo, que preferia receber os rapazes a penetrar as moças. As narrativas de Martaine eram sempre relacionadas a clientes seus que só atingiam o orgasmo mediante a apreciação de torturas diversas. Os "amigos" se excitaram e passaram a inventar os mais variados suplícios. Zelmire, por exemplo, recebeu o aviso de que seria morta aquela noite. A certa altura o duque a agarrou pela cintura e, simplesmente, a lançou pela janela, que ficava a uns dez metros de altura do pátio pavimentado de pedras. Mas haviam ordenado que as arrumadeiras empilhassem colchões do lado de fora. Ficaram gargalhando da pobre menina, que chorou muito e por isso recebeu cinqüenta chibatadas. Outra garota foi desnudada e colocada num caixão, conduzido até os sepulcros do château. Permaneceu emparedada por duas horas. Os amigos se masturbavam enquanto aguardavam a hora de abrir e verificar se ela havia sobrevivido. Ela escapou dessa, um tanto apavorada. Uma das velhas prostitutas foi ensacada com um gato. O pouco espaço e a falta de ar enlouqueceram o bichano e a puta. Ainda mais quando o presidente empurrou o saco escada abaixo. A velha não resistiu à loucura do animal e teve uma síncope. Lancei o corpo no abismo. Todas essas torturas excitavam os "amigos" ao ponto de ejacularem várias vezes ao dia.

XXVI

O mês de janeiro passou de forma inesquecível, dada a quantidade de atrocidades que se seguiam a cada dia. O presidente Curval tentou assassinar a grávida Constance, por várias vezes, mas os outros "amigos" a protegiam. Seu argumento era que a simples presença da mulher prenhe lhe incitava em direção ao crime. Precisei redobrar os cuidados para evitar as fugas e armei alarmes com sinos presos a cordas que controlavam as principais portas e janelas. Evitei o álcool e os excessos amorosos. Ao contrário, os "amigos" se entregavam cada vez mais à fornicação, aos estupros. As meninas eram enrabadas seguidamente pelos amigos em qualquer lugar e a qualquer hora. O presidente Curval foi tomado de forte inclinação por dentadas. Mordeu vários meninos e meninas. Um dos garotos foi castrado por ele com os dentes. Confesso que eu mesmo não me sentia mais tão à vontade quanto no início das orgias. Temia que a loucura tomasse conta de mim e que eu acabasse por fazer alguma grande besteira. Quase no final do mês, o duque resolveu casar com um dos fodedores. Vestiu-se de noiva e Antinous fez o papel de marido. Mas o menino Zephir, cuja bunda fora eleita a mais bonita entre os homens, também foi convocado a participar da lua-de-mel, que aconteceu no salão. Zephir, vestido de menina, foi enrabado pelo duque, que era penetrado por Antinous. Os sobreviventes assistiram ao sofrimento do menino recebendo o pau de Blangis, que era o mais bem-dotado dos "amigos".

XXVII

O início do mês de fevereiro, último reservado aos 120 dias de orgia, começou de maneira diferente. Os amigos resolveram trocar de esposa, desfazer seus casamentos e constituir outros. Constance e Julie ainda foram beneficiadas pela misericórdia de madame Duclos e do bispo. Sendo que a primeira foi para o quarto de minha amiga cafetina e a segunda se tornou criada do monsenhor. Mas Aline e Adelaide sofreram rejeição maior, ganhando a companhia dos porcos na pocilga. As meninas Sophie, Zelmire e Augustine substituíram as esposas e passaram a desempenhar suas funções. O bispo preferiu a companhia de Celadon, um dos fodedores. Julie dormia num sofá ao lado. As esposas que foram castigadas com a permanência noturna no chiqueiro durante as refeições ficavam amarradas às colunas do salão para serem açoitadas ao bel-prazer dos "amigos". A narradora de fevereiro era Desgranges, uma ex-cafetina parisiense, cujos crimes e associações com os piores indivíduos a fez malquista até pela condescendente aristocracia. Ela fora contratada para relatar as chamadas paixões criminosas, como me explicou o presidente Curval. Ouvi apenas algumas de suas narrativas, que eram um tanto parecidas. Todas envolviam homens assassinando mulheres das formas mais cruéis. Curiosamente, no primeiro dia, após a narrativa do assassinato de uma mendiga, o conde determinou que Augustine tivesse seu clitóris chupado por madame Duclos e madame Champville até que a menina desmaiasse de prazer. Vamos almoçar, senhor marquês? Acredito que até a tarde de hoje minha narração esteja encerrada. Separei algumas garrafas do que de melhor restou na adega do conde.

XXVIII

Bem, podemos então recomeçar? Essa moça que agora há pouco nos serviu o pato com gengibre perdeu sua virgindade no início de fevereiro. Até aquela data os "amigos" respeitavam as criadas para que o serviço não fosse prejudicado pela intimidade. Mas o conde não resistiu às nádegas rosadas da garota suíça e a estuprou na copa, enquanto as outras gritavam por socorro. Era contra o regimento que eles mesmos haviam criado, mas, como eu disse, a loucura tomava conta dos corações. Pagaram um extra para a moça, mas como ela já perdera o cabaço acharam justo que os demais aproveitassem e todos a penetraram. Os crimes narrados por madame Desgranges prosseguiam, um tanto monótonos, como mencionei. Eram afogamentos, degolas, enforcamentos, mortes por inanição, envenenamentos, sangramentos, estrangulamentos, inflamações por diversos processos, apedrejamentos e outras variáveis que não registrei. Tudo isso provocava ereção e ejaculação nesses assassinos, que pertencem a minha laia, mas com os quais não me confundo, aliás, nem os entendo bem. Talvez seja minha origem humilde, marquês. Mas os assassinatos do mês de fevereiro também eram reais. As velhas prostitutas, que de quatro eram apenas duas agora, foram enforcadas em dois finais de noite agitados, após o consumo de várias garrafas de vinho. Os fodedores que assistiram àqueles excessos começaram a concluir que havia bastante possibilidade de que tivessem o mesmo fim. Um deles, chamado Giton, convenceu Augustine a fugir com ele, mas Desgranges ouviu o planejamento da intriga e avisou o presidente. O rapaz teve seu pescoço serrado pelo duque enquanto era enrabado pelo presidente. Bem, marquês, fevereiro chegou ao fim e apenas 11 dos convidados sobreviveram. O crime mais atroz foi cometido pelo presidente Curval, que há muito desejava livrar-se de Constance e seu feto. Ele a estripou durante a última noite de orgias. É isso, marquês. Fiquei com Hebe, apenas, e com duas criadas que me ajudavam a limpar o sangue e a merda. Madame Duclos está em Paris. O senhor poderá procurá-la no endereço que lhe darei. Ela certamente contará outra versão dos fatos, e poderá lhe narrar as histórias que incendiaram os nossos dias aqui. Mas ainda há uma garrafa. Bebamos juntos. Depois, suba para uma sesta. Hebe estará lhe esperando. Está incluído no preço!

PARTE 2

O marquês visita madame Duclos

O senhor conhece a casa? Seu rosto não me é estranho. Costumo me orgulhar de conhecer todos os *ratos de bordel* de Paris. Pelo menos os que possuem títulos de nobreza. O senhor é marquês, correto? Mathieu lhe encaminhou? Ou foram os "amigos"? Entendi que lhe interessa ouvir. Como eles. Ouvir talvez para se excitar, não é certo? Ouvir para escrever? Existem interessados nas infâmias que se praticam entre essas paredes? Não duvido de mais nada. Após tantos anos de profissão assisti de tudo. Tanto que agora sou solicitada a contar. O senhor também quer ouvir-me? Sim, um resumo do que foi dito durante a longa orgia em Sillings? E está disposto a pagar? Cobrarei pelo tempo. Como as putas costumam fazer, afinal sou uma delas, se a questão for de origem. Sente-se. Quer beber alguma coisa? Deseja que uma das meninas o faça gozar enquanto eu narro? Vai custar menos do dobro. Está bem. Vou pedir que nos sirvam um bordeaux e comecemos, imediatamente. Sou sensível à pressa dos homens que pagam pelo meu tempo. É uma das precondições para exercer a profissão. Bem, comecemos por onde? Ao falar durante três meses sobre minha vida, todos os dias durante horas, rememorei coisas que havia esquecido. Ou imaginava que fosse assim. Foram tantas mãos e paus e tanto sêmen derramado sobre mim que tudo poderia ser apenas uma névoa esbranquiçada. Mas deixemos de poesia. Nasci mal. Minha mãe era mulher de um reles carregador de água, desses que puxam a carroça com os barris substituindo as bestas de carga. Mas a semente do ventre miserável que me jogou aqui não foi lançada pelo desgraçado burro sem rabo, não, mamãe recebia pratos de comida no mosteiro de Recollet. Sabe-se que curas não entregam nada sem pagamento em troca. Ela freqüentou a cama de vários deles e engravidou duas vezes, por isso tive uma irmã, que nasceu alguns anos antes. Fui criada entre as árvores do jardim e todos os religiosos eram meus pais, de certa forma. O tempo passou e ao completar cinco anos comecei a descobrir a verdade sobre o mundo que me cabia habitar. Padre Laurent me arrastou para sua cela e após trancar a porta me mostrou seu pau murcho. Muito agitado, apertou meu braço enquanto sacudia o membro ridículo, até que entesou um pouco e lançou gotas ralas sobre meu rosto. Acho que fiz careta e Laurent caiu sentado na cama, arquejando. Ele me alcançou 12 *soils* e pediu discrição. Ainda avisou que receberia minhas amiguinhas da mesma faixa de idade. Ora, ali, naquele momento, nascia a minha vocação. Passei a arrecadar as meninas da vizinhança em troca de 12 *soils*, dos quais eu levava uma comissão de sete. Mas um dia, depois de receber meus ganhos da semana, fui abordada por outro frei. Chamava-se Louis e era mais velho, aparentava gravidade. Chamou-me diabinha, que eu não sabia de que se tratava, mas assim como Laurent, arrastou-me para sua cela e da mesma forma mostrou imediatamente o pau. Me preparei para levar a gelatina no rosto, mas ele me alcançou uma botija e ordenou que bebesse o conteúdo. Diante de minha hesitação, repetiu a ordem adicionando cara de mau. Assenti. Ele mandou que eu erguesse o vestido e ao ver minha bocetinha agitou-se bastante. Em poucos instantes senti uma vontade incontrolável de urinar. Fiquei pulando de um pé para outro e o pau do padre foi ficando duro quando ele viu aquilo. "Mije aqui", gemeu, "rápido, mije aqui", dizia, me mostrando o instrumento enorme, pelo menos na perspectiva de uma menina de 6 anos. Agarrou-me pela cintura e me ergueu, então descarreguei o mijo sobre seu pau. Ele estremeceu e gozou. Muito mais do que o padre Laurent. Era uma porra grossa e abundante, que se misturou à minha urina sobre ele e sobre mim. Recebi uma bela moeda e a promessa de outras sessões como aquela. Acrescentou que aceitaria minha intermediação para outras amiguinhas. Fui me dando conta de que podia ganhar muitas moedas para doces e outras coisinhas que crianças adoram. Minha irmã mais velha, igualmente fornecedora de prazer para os curas, notou minhas manobras e elogiou meu desempenho, mas passou a cobrar uma comissão para não me delatar à nossa mãe. Considero esses momentos como um aprendizado que devo à Igreja Católica. Uma escola de libertinagem que me valeu para toda a vida. Mas eu estava com sete anos quando nossa fama se espalhara pelo mosteiro e fui procurada por Geoffrey, homem enorme, de semblante grave, que assim como os outros me levou para o seu quarto. Um lugar cheio de livros e com um grande crucifixo na parede. Repetiu o ritual de expor a ferramenta, grande e já em estado de quase ereção. Levantou meu vestido e deu alguns beijinhos na minha boceta. Apanhou uma bilha sobre a mesa e me deu para beber. Lembrei de padre Louis e imaginei o que aconteceria, mas houve uma variação. Quando veio a vontade de urinar, Geoffrey colou sua boca em minha bocetinha e bebeu o mijo em goles grandes, um tanto caindo sobre si. O pau tremeu e esporrou em sua mão. Recebi a moeda pensando em quantas formas de mijar em padres eu ainda conheceria. Ingênua menina! Quanto aprenderia sobre homens ainda! Logo na semana seguinte, fui abordada pelo padre Henry. Eu estava resfriada. Acho que se iniciava o inverno. Ele me levou para a cela, assim como os outros, mas não mostrou o pau. Me colocou em seu colo e disse que curaria meu escorrimento. Encobriu meu narizinho com a boca enrugada, de velho, e chupou o muco numa agitação ruidosa. Repetimos aquilo umas quatro ou cinco vezes durante o tempo em que lá estive e ele me deu 12 *soils*. Todos os que haviam me utilizado para os seus prazeres nunca haviam me retribuído além do dinheiro. Padre Etienne foi o primeiro. Era forte e jovem. Talvez uns quarenta anos, quando me levou para o seu quarto e me fez ficar inteiramente nua. Perguntou minha idade e disse que aos nove anos se podia começar a conhecer o prazer. Deitada, me submeti às massagens que aplicava com seu dedo em meu clitóris. Palavra, aliás, que ouvi pela primeira vez, dele. Custei a sentir alguma coisa, mas os primeiros sinais se apresentaram. Depois fui eu que inaugurei a primeira masturbação em um cliente. Ele me deu uma moeda de ouro e me prometeu outras sessões de prazer mútuo. O senhor quer outra garrafa? Prefere continuar amanhã na mesma hora? O cliente é quem decide.

$$* \quad * \quad *$$

Entre. Vamos sentar aqui perto da janela. Enquanto eu vou contando a minha história o senhor marquês pode beber seu vinho apreciando a neve cair. Sabia que ainda atendo alguns clientes especiais? Mas desmarquei todos para me dedicar à narrativa. Talvez seja um tanto de vaidade, por saber que o senhor escreverá sobre mim. Uma puta de luxo, mas uma puta. Por que as pessoas desprezam tanto as mulheres que vendem sua capacidade de dar prazer? Talvez se sintam ameaçadas. A criada vai servir o vinho. Sente-se aqui. Onde paramos, mesmo? Ah, sim. Em meus nove anos e na descoberta do prazer. Vivíamos, eu, minha irmã e o meu padrasto num porão imundo a um quarteirão do mosteiro. Todos dividindo o mesmo ambiente escuro e fétido. Mas era um lar, seja lá o que for tal instituição. Mamãe tratou de acabar com ele. Fugiu com alguém. Parece que com o tripeiro. O primeiro ato de nosso padrasto foi pôr-nos porta afora, com a ameaça de represália em caso de retorno. Minha irmã tinha 15 anos, e a segui. Alugamos um quarto de pensão, mas ela fez questão de avisar que era por uma única noite. Sentamos frente a frente e ela me adiantou que sabia de meu comércio com os padres. Elogiou minhas iniciativas como a única medida de sobrevivência a tomar. Estávamos nessa conversa quando bateu à porta um frade, representante do monsenhor que administrava o mosteiro. Trazia a notícia de que nossa mãe lá se refugiara e aguardava nossa presença. Quando o mensageiro se foi, minha irmã contestou a informação. Era uma cilada, ela disse. Queriam-nos como suas escravas. Ela fizera a vontade desse padre poderoso e ele a maltratou muito. Além disso, pagavam mal. Então minha irmã falou pela primeira vez de madame Guérin. Uma casa em que homens buscavam mulheres como nós. Se eu soubesse trabalhar haveria lugar para mim, disse ela, mais velha e experiente. Assegurou que não poderia me sustentar do dia seguinte em diante. Estávamos na vida e faríamos a nossa sorte. Eu concordei com suas palavras. "É duro no início, mas a gente se acostuma", ela completou. Para comemorar, compramos uma galinha assada e uma garrafa de vinho. Minha irmã mostrou um saquinho cheio de moedas que ganhara na casa de madame Guérin. Depois de comer e beber, íamos dormir quando bateram à porta. Era o próprio monsenhor querendo convencer-nos de que nossa mãe aguardava no mosteiro. Minha irmã falou que não, de jeito algum, então ele ficou furioso. Tirou o pau para fora e pediu que pelo menos ela o atendesse uma última vez. Ela o masturbou enquanto eu olhava e aprendia sua técnica, que me seria muito útil. Sou clara, marquês? Quando fui para Sillings os "amigos" pediam detalhes, sobre o tamanho dos membros, por exemplo. O senhor não quer saber de mais nada? Então, sirva-se de mais vinho. Mandei a cozinheira preparar um cordeiro na hortelã, para o almoço. Faremos uma pausa mais tarde.

* * *

Meu primeiro encontro com madame Guérin está gravado em minha memória de forma marcante. Ela era mulher ainda jovem, então. Devia estar nos trinta anos, talvez, era alta e seus olhos penetrantes pareciam estar constantemente avaliando o preço da mercadoria. Nós, no caso. Entramos aqui, nessa sala em que agora estamos, e ela fechou a porta. Minha irmã explicou que eu estava pronta para servir ali, apesar de minha pouca idade. Madame agarrou meu queixo, observou minha dentição, depois levantou minha saia com as duas mãos e me fez abrir um pouco as pernas. Olhou minha boceta com atenção e me inclinou sobre o sofá onde o senhor está sentado para examinar meu cu. Nada disse, mas balançou a cabeça e sorriu. Chamou a criada e ordenou que arranjassem acomodações para as duas. Minha irmã passaria a viver ali. A casa é grande, como o senhor pode ver. São oito quartos reversíveis. Era possível receber até quatro clientes por vez. Madame tinha o hábito de sempre manter o cliente sob observação. Em cada aposento há um visor disfarçado que permite espiar o que acontece no quarto ao lado. Quando uma de nós recebia um homem, outra ficava de guarda. Mantive esse costume até hoje e nos poupa aborrecimentos. Madame determinou que no dia seguinte eu aguardasse no plantão, assistindo às meninas trabalharem. O subseqüente seria a minha estréia. Logo que assumi meu posto na vigia minha irmã foi convocada a atender um velho embriagado, que mal parava de pé enquanto tentava conseguir uma ereção diante do corpo nu à sua frente. Ela agarrou o pequeno e murcho instrumento do homem e o manipulou com tal habilidade que algumas gotas escassas acabaram derramadas em sua mão. Ele pagou e se foi no mesmo ziguezague em que havia chegado. Os clientes de madame eram homens pelo menos acima da média em termos de recursos econômicos. Era, e é, um bordel caro, freqüentado por representantes das armas, do capital e de deus, além, é claro, da nobreza tradicional. Naquele dia assisti a mais oito ou dez sessões em que homens lançaram sêmen no rosto das meninas, em suas mãos, em seus cus e apenas um se ocupou da boceta de sua parceira. Na manhã seguinte acordei disposta a iniciar minha vida profissional. Tomei café com minhas colegas e ficamos troçando de tudo, rindo umas das outras, até que os primeiros fregueses chegaram, no fim da manhã. Foi uma, duas, e então madame me chamou. Apresentou-me ao senhor Duclos como virgem de todos os buracos e pronta para qualquer infâmia que lhe viesse à cabeça. O homem, um comerciante de uns sessenta anos, sorriu com seus dentes amarelos de mascador de fumo. Senti o seu hálito recendendo a vinho. Chegou perto e levantou meu vestido, deixando a boceta à mostra. Pousou a mão enorme sobre minha rachinha de raros pêlos. Agachou-se e, abrindo os lábios, cheirou fundo. Sorriu novamente e me pegou pela mão. Fomos para o quarto. Ao contrário dos padres, o meu primeiro cliente não mostrou o pau imediatamente. Tirou toda a minha roupa e me encheu de beijos. Sua língua em meu clitóris me fez arrepiar, só então ele se desnudou. Surgiu um instrumento grande. Pensei que seria arrombada por aquele homem peludo de quem eu assumiria o nome para o resto de minha vida profissional, mas ele apenas se masturbou encostando o pau em minha boceta. Não demorou para estremecer e soltar sua geléia, que cobriu meu ventre. Caiu para o lado e ficou respirando pesado até se recompor. Vestiu-se e saiu sorrindo. As meninas me receberam com palmas e brindaram a Duclos, nova puta da casa. Madame havia assistido ao meu desempenho pelo orifício no quarto ao lado. Aprovou minha forma de tratar o homem que, segundo ela, era um antigo cliente. Eis o início de minha história, marquês. O que o senhor deseja mais? Que eu conte tudo o que vi de diferente? Era minha tarefa em Sillings. Uma espécie de classificação dos prazeres libertinos. O presidente Curval me chamou em seu palácio adiantando a lisonja de eu ser a mais famosa cafetina de Paris. Como se um concurso me houvesse escolhido. Mas foram generosos e aceitei. Ele e seus amigos estão entre os mais depravados clientes que conheci. Um tanto violentos para o meu gosto. Jamais mando as minhas titulares para atendê-los. Perdi duas meninas ótimas que algum deles simplesmente assassinou num momento de fúria ou prazer, sei lá. Enviaram-me um cofrinho cheio de moedas de ouro, mas as demais não aceitam atender em suas casas. É preciso encontrar outras fontes. Por isso tenho as "buscadoras". São mulheres que circulam por toda a Paris resolvendo casos especiais: meninas virgens, que para escapar de empregos miseráveis preferem entregar o corpo e ganhar em uma noite o que lhes custaria um ano de trabalho em qualquer peixaria. Se alguma dá o azar de pegar um dos "amigos", coitada! Mas não é freqüente. Quer que lhe relate os vários tipos de prazer? É o que o presidente Curval chama de "Escola de Libertinagem". Existem, talvez, uma ou duas centenas de homens em Paris que podem tudo. Julgo que o senhor seja um destes. São militares graduados que servem ao rei, ou padres que falam direto com deus, nobres que possuem fortunas fabulosas. Esses homens não possuem limites. O que seu coração manda ou seu pau deseja, eles cumprem sem qualquer problema. Mulheres como eu vivem de satisfazer essas majestades. Mas me avisam ali de que o cordeiro está na mesa. Vamos escolher o vinho?

* * *

Seguirei, na medida do possível, a ordem das experiências que tive. Foi assim que narrei em Sillings. Eu já estava há um ano com madame sem que sofresse o "arrombamento". É bom lembrar que eu tinha apenas dez anos! Não imagine que os clientes tinham pena de mim, nada disso. Madame é que preservava minha aparência de virgem para aqueles que não exigiam penetração. Ela cobrava valor especial por uma bocetinha intacta. Mas um poderoso príncipe estrangeiro queria estuprar uma racha de menina novinha. Não havia tempo para as "buscadoras" encontrarem o petisco, então madame entregou-me à missão. Era um negro perfumado, usando um longo traje de seda. Não falava nossa língua, apenas sorria. Quando se viu a sós comigo arrancou minha roupa num único movimento. Acho que demonstrei um medo sincero, porque ele fez uma careta de satisfação. Untou os dedos em óleo e, me fazendo ajoelhar sobre a cama, enfiou-os em meu cu e minha boceta. Apenas aquilo se constituiu num estupro e minhas lágrimas saltaram. Seu pau também ficou úmido de excitação. Era mais grosso do que longo, e ele o enfiou lentamente em mim após me sentar em seu colo de frente. Nunca tive um filho, mas deve ser uma dor semelhante, só que ao contrário de sair o monstrengo estava entrando. Apenas gemi e abracei aquele torso largo e negro e encostei minha cabecinha sobre seus pêlos. Ele gozou estremecendo muito. Chamava-se Jamak, eu soube depois. Elogiou meu desempenho para madame. Recebi minhas primeiras moedas de ouro e expeli sangue pela primeira vez. Vi muitas coisas atuando como vigia. Observei um homem bastante jovem e bonito que escolheu uma menina de longos cabelos ruivos. Masturbou-se e gozou em sua cabeça melando a cabeleira dela com sua porra. Assisti a minha irmã enfiando os dedos, progressivamente, um depois outro e mais um, no cu de um frade franciscano, que rezava alto agradecendo a deus do céu. Um oficial me levou para o quarto e manipulou minha bunda durante quase uma hora, até que gozou sobre ela. Recebi ainda um abade que chupou minha boceta até que gozei, coisa rara, em sua boca. Eu tinha doze anos quando conheci um dos mais estranhos libertinos de que tenho lembrança. Ele chupava minha saliva e a engolia num ato contínuo durante horas e quase me sufocou. Seu pau agia de forma independente e num determinado ponto explodiu em porra quente e então o homem caiu, relaxado. Mas quando alguém muito poderoso solicitava um encontro especial, a casa entrava em rebuliço se não houvesse como atendê-lo. Foi assim que conheci o conde de Blangis. Ele queria uma menina de treze anos, intacta, de bunda perfeita, nem caída, nem larga demais ou excessivamente pequena. Ele queria a perfeição que deveria ainda ser adornada por íntegro cu róseo. Minha bunda era considerada perfeita, mas meu rabo já não poderia ser considerado íntegro. Minha irmã menos ainda e nenhuma das outras. Fui convocada por madame para ajudar na busca. As casas de costura da cidade eram fornecedoras regulares de meninas para tal fim. Tentei num desses ateliês a que eu tinha acesso. Fui falando com elas com intimidade, uma vez que eram de idade próxima à minha e eu transmitia confiança. Elas perguntavam o que deveriam fazer para receber dois luíses de ouro. Eu mesma não sabia e apenas concluía: tudo o que o cliente mandar. Logo duas se adiantaram dispostas a tentar, mas quando mostraram a bunda fui obrigada a desencantá-las. Não serviam. Apontaram uma tal Gabrielle, que ficara à parte. Fui tentar convencê-la, mas era muito tímida. Pedi que me mostrasse o rabo. Custou para assentir, mas finalmente aceitou. Ela possuía de fato uma bunda perfeita. A que a havia indicado gostava de traseiros femininos e costumava cobrir Gabrielle de beijos. Era possível perceber que a menina se excitara quando manipulei seu cu, admiravelmente róseo. Beijei-o. Eu queria ganhar a parada. Mostrar a madame que eu era competente em qualquer função. Ofereci dois *soils* para que a graciosa costureira fosse comigo ao bordel. Aceitou e depois do seu expediente a levei para a casa de madame. Ela era órfã e vivia com os tios, que não davam muita atenção ao seu destino. Levei-a para o meu quarto e pela primeira vez seduzi uma mulher. Trabalhei o seu clitóris com minha língua até ela gozar e então recomecei até que gozasse de novo, depois mais uma vez até a sua exaustão. Adormeceu. Informei a madame que podia marcar com o conde. Gabrielle iria. Adiantei que ela ficaria entre nós na volta de sua missão.

Na verdade eu me apaixonara por ela e a queria para mim. Quando voltou, dois dias depois, arrombada pelo cu e pela boceta, lanhada pela chibata de Blangis, mas trazendo as moedas de ouro, fui eu quem cuidou dela. Lambi as suas feridas e a sua boceta e fiz com que lambesse a minha. Ela passou a viver comigo. Madame observou que eram muitas as tríbades em sua casa, mas não via mal nisso, se não interferisse no trabalho. Até incentivava a prática, porque acalmava as meninas. Eu perguntei o que significava ser tríbade e ela me explicou. O meu vocabulário foi se fazendo assim. Está ficando frio. Vou pedir que a criada acenda a lareira. Vamos abrir mais uma garrafa de vinho?

* * *

O bordel de madame Guérin recebia propostas de adesão todas as semanas, mas só as perfeitas de corpo e muito jovens eram aceitas. Uma casa com a reputação da nossa não podia apresentar mercadoria de segunda. Havia os casos especiais. Clientes cujo desejo incluía alguma peculiaridade. Homens que se excitavam com mulheres muito gordas ou com bastante pêlo em torno da boceta ou até as que haviam perdido um membro, perna ou braço. Esses casos eram arquivados para o momento propício. Mas um dos mais estranhos clientes que minha memória registrou era um padre cuja excitação se dava no próprio ato de corromper. Ele gostava de trazer novas meninas a se prostituí-rem. Assistia então o seu defloramento pelo orifício de espiar e estava consumada a satisfação de seu desejo. Madame ganhava duas vezes, porque cobrava dele a utili-zação da casa e do cliente que tirava a virgindade da meni-na. Quase toda semana aparecia o padre com alguma meni-na de olhar espantado que ele seduzira com os argumentos mais ilógicos. Sei disso porque muitas vezes conversei com elas depois e antes de sua estréia. Algumas, as muito belas, ficaram entre nós e abraçaram a carreira. O dinheiro para pagar madame vinha da própria caixa de esmolas da igreja, que ele trazia num saco de estopa. A rotina do bor-del me preparou para os trabalhos mais complicados e madame logo percebeu que eu era confiável e inteligente. Era capaz de resolver os problemas mais difíceis. As putas vivem da fantasia dos homens. A excitação acontece por caminhos que apenas o cliente pode indicar. Esse trabalho de, digamos, adaptação ao freguês era feito pessoalmente por madame. Se a coisa era simples, ela encaminhava ime-diatamente para uma de nós, mas havia os casos mais raros que o grupo ajudava a resolver. Um abastado colabo-rador de Luís XIV, por exemplo, gostava de assistir a uma criadinha estereotipada, vestida em seu uniforme, ofere-cendo a bunda para ser chupada por um coveiro cujas rou-pas estivessem sujas da terra do cemitério. Uma encena-ção. Eu mesma vesti o traje azul com babadinhos, mas o tal coveiro foi encontrado ali perto e era apenas um carregador de armazém que tratamos de sujar de terra negra. O homem ficou radiante de ganhar um *soil* para beijar a minha linda bunda enquanto o nobre assistia, no quarto ao lado, e se masturbava freneticamente. O pobre carregador ficou com o pau duríssimo e implorou mais tarde que eu lhe permitisse a penetração. Argumentei que pelo *soil* era possível apenas masturbá-lo. Ele entregou a moeda, sem alegria, e retirou o pau para fora. Esse vinho está me dando sono, marquês. Podemos continuar amanhã. Huumm, o senhor está excitado! Vou chamar uma das meninas para atendê-lo. Tem preferência por tipo físico?

* * *

Entre, marquês. A casa está uma bagunça porque ontem, depois de sua saída, estiveram aqui uns oficiais e bancaram uma orgia. Deixaram parte de seus gordos soldos conosco. Antes assim. Aceita champanhe? Vamos comemorar a surra que a virtude está levando do vício. Encomendei pato com laranja para o almoço. Qual das libertinagens encerrou a noite de ontem, mesmo? Eu estava lembrando agorinha de um cliente que acabou com a minha timidez pública. Ele pagava muito bem para que uma bela garota saísse com ele, como se filha fosse, e promovesse uma encenação. Tratava-se do seguinte: caminhando nas

Tulhérias, eu iria ao seu lado como uma menina obediente. Sentaríamos num dos bancos em que homens estivessem próximos, então ele falaria alto que o aguardasse um pouco porque havia esquecido certo documento em casa. Escondia-se entre a vegetação e ficaria assistindo a minha parte, que consistia em me aproximar de um dos homens e convencê-lo a se deixar chupar em público. Assim fizemos. Um traje apropriado foi encomendado, de forma que realmente me assemelhei a qualquer garota das que passeiam com o pai no parque. Quando ele se afastou, sentei mais perto de um homem jovem, mas de aparência decaída, um desocupado que não devia ter um *soil* na bolsa. Falei que gostara de seu jeito e queria chupar seu pau. Ele fingiu não se surpreender tanto quanto sua expressão denunciou e me convidou a embrenharmo-nos entre as árvores, mas eu respondi que tinha que ser ali e rápido, antes que papai retornasse. Ele virou de lado e libertou o instrumento, que ficou túmido mal o toquei. Devia estar sem uso há bom período. Baixei a cabeça e o abocanhei. O homem perdeu completamente o controle e, deitando a cabeça para trás, gemeu de prazer. Ouvi murmúrios, risos e vozes alteradas quando a mão de alguém me puxou pelos cabelos. Um velho me afastava dali enquanto choviam ofensas me classificando de puta, vadia e outros palavrões do mesmo quilate. O rapaz que eu abordara levou uns bofetões de dois outros e fugiu correndo. O homem que me conduzia pelos cabelos afastava-se argumentando que me entregaria no posto da guarda. Logo que alcançamos certa distância, em local mais deserto, ele me fez sentar e expôs o pau, ordenando que eu "mamasse num verdadeiro pau de homem". Obedeci, imaginando que o cliente acompanhava minha aventura. Mas os curiosos que foram afastados com a desculpa de que o velho me levaria à polícia seguiram-nos. Ouvi suas vozes se aproximando e protestando contra o truque do velho. Outra mão me arrancou de minha tarefa e vi um novo pau diante de mim, maior e mais duro, vindo na direção de minha boca. Engoli, mas podia entrever ao lado que o outro jovem também expunha sua ferramenta, à espera de sua vez. Logo, aquele que me roubara gozou na minha boca e me liberou para o segundo, que introduziu o seu cilindro na minha garganta adentro. Pude perceber que novos curiosos se reuniam em torno e fui novamente arrancada por mão forte, que imediatamente me largou. Levantei a cabeça e pude perceber que quatro homens me disputavam a tapas enquanto dois casais e crianças observavam a confusão a meia distância. Olhei em torno e meu cliente fazia sinais. Corri em sua direção e ainda fomos perseguidos até chegar ao ponto em que seu criado aguardava com o coche. Elogiou o meu desempenho e me deu um luís de ouro. Vamos para a mesa, marquês? O almoço está pronto.

* * *

O pato com laranja está bom? Minha cozinheira servia a uma tradicional família da França. Mas foi pega masturbando seu patrão na cozinha e a esposa a expulsou. Agora trabalha num bordel, onde a moral passa ao largo. Interessante como a alimentação está próxima dos prazeres carnais, marquês. Tenho um cliente muito rico que almoça aqui e não engole um pedaço de qualquer manjar sem antes introduzi-lo na boceta de uma de nossas meninas. Há um marquês, como o senhor, que adora este pato que estamos saboreando, mas não abre mão de um pouco de sêmen sobre ele. O curioso é que a porra deve ser colocada na hora por um homem rude que se masturbe ao lado da mesa. Extravagâncias? Mas o que seria da vida sem elas? Aceita um vinho branco? Ele é novo, mas é muito bom. Apenas a clientes especiais costumo oferecer jantares, do contrário, nos tornamos um restaurante. Há homens que somos forçados a expulsar daqui, gentilmente, mas com firmeza, do contrário morariam conosco. São o que chamo de *ratos de bordel*. Um juiz, amigo íntimo do presidente Curval, janta aqui. Manda vir os pratos dos melhores restaurantes de Paris. Sua única exigência é que uma semana antes eu separe uma de minhas melhores meninas para acompanhá-lo à mesa. Ela deve abster-se de qualquer tipo de higiene nos dias que antecedem ao encontro. Mesmo o asseio após defecar e urinar devem ser evitados para atingir o ponto desejado pelo jurista. Então, na hora da mesa, trazemos uma banheira pequena, aqui para o lado da mesa, e a menina escolhida, nua, recebe um banho do melhor champanhe que a França produz. Aquele líquido escurecido pelos suores e mínimos dejetos aderentes aos pêlos púbicos torna-se a bebida predileta de nosso cliente. Ele enche a taça diretamente na banheira infecta e o faz tantas vezes que é óbvio que se embriaga e nem sequer toca na comida, mas balança tagarelando imprecações que logo são ininteligíveis. Muitas vezes ele mesmo mergulha ali após expulsar a menina e continua a beber em torno de si o grosso caldo acrescido dos líquidos expulsos pelo corpo dela. As criadas amparam a caminhada do homem da lei até um sofá próximo e ele dorme por algumas horas para então adquirir condições de retornar ao lar. Note, senhor marquês, como há variadas formas de se jantar num bordel.

* * *

Quando completei 15 anos e minha amante Gabrielle estava com 18, aconteceu a primeira desgraça de minha vida. Ela se foi, atendendo ao chamado de um cliente estrangeiro. O criado que a buscou pagou adiantado dois luíses de ouro para que ela passasse a noite com seu patrão.

Gabrielle nunca mais voltou. As meninas especularam que ela casou com o tal cliente, mas sempre achei que foi assassinada por algum libertino descontrolado. Ela me dava muito prazer e eu a ela. Chorei. Senti pela primeira vez o desejo de vingança. Coincidiu que naqueles dias soubéssemos, eu e minha irmã, que nossa mãe mendigava a algumas quadras do bordel. Havia nos abandonado como lixo e agora vivíamos muito bem, pelo menos em relação ao seu atual estado de existência. Minha irmã quis apenas ignorar, mas eu fui até lá e me identifiquei. Fiz questão de usar um belo vestido e quando ela veio abraçar-me a repeli e ordenei que fosse esmolar a uma distância mínima de seis quarteirões. Hesitou em me obedecer e ameacei pagar um rapaz impiedoso para lhe administrar uma lição. Juntou seus trapos e sumiu na esquina. Naqueles dias terríveis fui convidada por uma caçadora de talentos para mudar de casa. Madame Fornier tinha, naquele tempo, um dos melhores lugares da cidade. Bordel de interesses especiais, como me indicou a que me cooptara. Sua clientela era a mais rica e a mais extravagante de Paris, segundo se comentava. Resolvi mudar de casa para ajudar no esquecimento dos maus momentos que eu estava atravessando. Convidei minha irmã para ir comigo, mas ela não queria abandonar madame Guérin. Mudei-me, não sem antes agradecer a minha antiga cafetina, deixando uma porta aberta para o futuro. Madame Fornier vivia numa mansão menor do que esta, mas ricamente mobiliada. Ninguém soltava um peido ali por menos de um luís de ouro. E essa não é apenas uma expressão. Muitos dos clientes pagavam para que peidássemos em suas bocas. Madame recebeu um grupo de libertinos, cinco homens ricos, e apresentou-me como nova aquisição da casa. Eles se acomodaram em sofás e eu desfilei nua. Um e outro me beijou e alisou. Os elogios foram de "a mais linda bunda de Paris" até "um cu sem concorrentes". Madame ficou muito feliz. Uma boa parte dos freqüentadores da casa Fornier adoram as funções anais e seus produtos, os dejetos, a merda, para ser mais explícita. As formas como essa adoração se dá variam bastante. Mas, sendo essa uma das principais especialidades da casa, as refeições eram fartas e de ótima qualidade, para renderem o melhor excremento possível. Havia todo tipo de clientes. Lembro de um velho fiscal do governo que não queria encontrar nenhuma de nós, mas pagava para ter acesso a um quarto onde alguns minutos antes três de nós houvessem descarregado após o café-da-manhã. Segundo madame, ele era um conhecedor que não se deixaria enganar pela merda da mesma pessoa em pratos diferentes. Assim como na casa de madame Guérin, havia o buraco de espiar. Assisti ao homem cheirando e namorando os pratos com nossos excrementos até que, após quase uma hora, sacou um pequeno membro que sequer pode ser chamado honestamente de pau, balançou-o com insistência, mas sem grande resposta, e num ato de impaciência agarrou as fezes e cobriu o seu instrumento com elas. Sorriu satisfeito com o resultado obtido e que nunca saberemos em seu íntimo qual foi. Meu primeiro cliente direto, digamos assim, na casa de madame Fornier foi o capelão do rei. Um velho eclesiástico que uma das meninas me avisara ter preferência por lhe cagarem na boca. Fui avisada com 36 horas de antecedência que deveria ficar de resguardo quanto ao uso da latrina. Ao entrarmos no quarto me ordenou que mostrasse a bunda. Eu fora prevenida de que ele tinha horror a bocetas e seios, que deveriam ser rigorosamente escondidos. Abaixei a saia de forma que só minhas nádegas ficaram expostas. O velho lúbrico se aproximou, cheirou, admirou, abriu as bandas e perguntou se eu de fato estava com vontade de cagar. Assenti e ele acrescentou que não desejava ser enganado. Reafirmei minha disposição, que era real. Fez então uma série de outras perguntas, um questionário bastante variado que envolvia minha idade, desejos e pratos preferidos. Isso parecia excitar-lhe. Insistiu para que eu confessasse meu real desejo de cagar. Reafirmei-o, então ele resolveu tirar a prova e enfiou o longo dedo indicador em meu cu. Atingiu a profundidade certa e encontrou o objeto de seu desejo. Sacou o seu pequeno instrumento um tanto ereto e começou a se masturbar. Deitou e jogou a cabeça para fora da cama de forma que estava na altura de minha bunda. Ordenou que eu o fizesse. Umas bolas de fezes foram caindo em seu rosto e ele as foi recolhendo com a língua, até que gozou umas ralas gotas de esperma. Bem, marquês, acho que o senhor está com sono. Será o vinho ou o teor na conversa? Tire uma sesta com uma das meninas e continuamos mais tarde.

* * *

Então, prezado marquês, está descansado? Podemos continuar? Eu narrava a minha iniciação junto aos clientes de madame Fornier, seus gostos pouco convencionais e a minha tristeza em haver perdido a amante adorada. Embora os homens não me desagradem, tenho preferência pelas mulheres, e os bordéis estão cheios de adeptas do tribadismo. Logo encontrei parceiras agradáveis que me aceitaram em suas camas, mas eu não estava apaixonada por nenhuma delas. Minha vida daria, em breve, uma nova reviravolta. Eu completara 18 anos e vivia o esplendor de minha beleza e experiência. Não são muitas as mulheres que nessa idade possuem dez anos de bordel, concorda? Mas, como eu dizia, uma nova perspectiva surgiu com a chegada de D'Aucort, um abastado proprietário, viúvo e libertino. Atendi-o sob a rigorosa observação de não desperdiçar um grama do precioso material que se formava em meu intestino nas últimas 24 horas. Madame me prevenira que era seu cliente mais rigoroso, assim como um dos mais generosos na hora de abrir a bolsa. Gostei dele, era homem de uns 50 anos, um tanto gordo, mas de rosto delicado e conversa espirituosa. Fez logo um galanteio, asseverando ser eu a mais bela criatura que passara pela casa de madame. Não sei se diria isso na frente das demais, mas não importa. Elogios valem pela intenção e não pela sinceridade. Subimos para o quarto e, como de praxe entre esses adeptos, ele imediatamente examinou minha bunda. Novos cumprimentos a que eu estava acostumada. Após esse preâmbulo perguntou por minha saúde, se eu estava em boas condições. Respondi que era pura como um bebê. Ele sorriu e cobriu minha boca com a dele enquanto apalpava minhas nádegas. Estreitou o abraço enquanto chupava minha saliva e enfiava um dos dedos no meu cu. Pediu que eu cuspisse em sua boca e lambeu minha gengiva enquanto retirava o pau para fora e se masturbava. Seu pau era pequeno, mas tinha boa ereção. Despiu as calças e ordenou-me que retirasse as saias. Fiquei apenas com o espartilho. Fez-me deitar de barriga para baixo e começou a ladainha de adoração de minha bunda enquanto a manipulava. Agradeceu a deus por dispor de um rabo como aquele para o seu prazer. Sentou em uma cadeira ao lado da cama e enfiou sua língua em meu cu, profundamente. Manifestou sua aprovação quanto ao teor das fezes. Ele era um *connaiseur*. Ordenou que pausadamente eu me desfizesse dos bolinhos que ele apanhou com os lábios, provou, saboreou e engoliu um a um. Essa operação demorou uns três minutos, ao cabo dos quais ele gritou de prazer, dizendo que nunca provara semelhante iguaria, era capaz de jurar diante de um tribunal. Após a ingestão chegara a hora do gozo, e então, voltando a beijar minha bunda, encheu minha mão com o sêmen quente. Deitou-se ao meu lado, arfando, como é comum em tais momentos, depois me olhou profundamente e perguntou se eu não estava cansada daquela vida de bordel. Ora, o costume de tirar profissional de prostíbulo é tão antigo quanto o próprio lupanar. Trata-se do momento em que a paixão avassaladora depois do gozo toma conta do cliente. Sabendo disso, apresentei objeções. Ele as foi contornando e, para encurtar a história, depois de uma hora, me fez a proposta de me colocar num apartamento grande com uma criada, alimentação e vinte luíses de ouro por mês. Minha tarefa seria apenas comer, dormir e cagar. A minha dieta seria estabelecida por ele, é claro. A metáfora possível que se estabelecia é que eu seria uma espécie de forno vivo para o seu prazer. Um *connaiseur*. Aceita um vinho, marquês?

* * *

Reiniciemos informando que aceitei a oferta de D'Aucort. Afinal, foi um período em que pude repousar da lida diária de diferentes clientes com propostas variadas que exigem comportamentos afins. O meu patrão costumava se reunir quatro vezes por semana na companhia de três amigos igualmente libertinos. O senhor D'Erville, parlamentar sexagenário, foi o primeiro que conheci, acompanhado de madame Du Gange, mulher de uns 40 anos, bastante bonita, mas com algum excesso de peso. Logo depois chegou Desprès, oficial do Exército, homem de 45 anos, com a belíssima mulher, Marianne, na faixa dos 26 anos. Cresci o olho sobre o corpo desta, que me pareceu perfeito. O terceiro convidado era o abade Du Coudras, acompanhado de um rapaz que ele apresentou como sobrinho. Um belo garoto de uns 16 anos, é óbvio que era seu amante. Fui apresentada e elogiada por todos. D'Erville me olhou como possibilidade de uma nova experiência libertina. Não escondeu isso em nenhum instante. Desprès, embora mais contido, também flertou comigo. Apenas o monsenhor era limitado ao rapaz, que, via-se, era objeto de sua adoração. Durante o jantar a conversa foi tão rápida quanto fútil e promíscua. Falava-se de tudo, debochava-se de tudo. O clérigo parecia concentrado em disparar heresias e rir delas enquanto apalpava o rapaz ao lado. Algumas garrafas de vinho depois, no momento da sobremesa, D'Erville congratulou D'Aucourt por sua aquisição e emendou perguntando por minhas habilidades. Meu patrão apanhou um prato limpo de porcelana e o estendeu para mim sem dizer palavra. Apanhei-o e o coloquei sobre a cadeira ao lado. Ergui as saias e caguei nele, devolvendo-o a D'Erville, que o alcançou a D'Aucourt. Este examinou detidamente o produto. O parlamentar me pegou pela mão e declarou à mesa que iria "dar uma bicada". Olhei para meu patrão, que assentiu com um aceno de cabeça, e também encarei madame Du Gange. Esta deu uma gargalhada e disse que eu fosse em paz, porque ela cuidaria de meu amante. Saímos para a biblioteca. Logo que ficamos sós, D'Erville me beijou na boca e emitiu dois arrotos que quase me fizeram expelir por cima o que ele queria que saísse por baixo. Ergueu minhas saias, admirou e elogiou minha bunda. Trêmulo de luxúria, apanhou um prato de porcelana chinesa que adornava uma mesa de centro e pediu que eu depositasse ali o que realmente interessava. Ficou na retaguarda observando meu esforço, e é bom lembrar que há pouco eu me livrara de um tanto da ceia, mas consegui produzir mais algum bolo. Quando me virei, o parlamentar masturbava um pau bem duro, embora pequeno, enquanto admirava minha obra no prato. Pediu que eu o chupasse. Estava sentado numa cadeira de braços. Ajoelhei-me entre suas pernas e abocanhei seu instrumento enquanto ele enterrava o rosto na merda. Mais vinho, marquês?

* * *

Minha estada na casa de D'Aucort durou alguns meses. Até o dia em que me vi a sós na mansarda. Ele e seus auxiliares próximos viajaram ao interior com a finalidade de participarem de uma orgia. Algum festim que não me incluiu por razão que desconheço. Sozinha na casa, senti tédio pela primeira vez. Tornara-me uma máquina de cagar, como um animal de estimação para brincadeiras especiais. Estanquei diante da porta da biblioteca. Ali D'Aucort guardava seus documentos e o vi, várias vezes, retirar dinheiro da escrivaninha. As moedas de ouro eram guardadas na gaveta que eu conhecia. Acionei a maçaneta, mas estava trancada. Uma volta na chave apenas, era possível sentir. Amantes arrombadores muito gabam-se de sentir a resistência de uma fechadura num pequeno tranco. Um golpe seco com uma almofada acaba com a resistência de qualquer porta interna, diziam. Tentei uma vez sem sucesso, tentei de novo sem conseguir, mas na terceira vez a fechadura cedeu. O crime estava consumado. Não havia mais volta. Corri para a escrivaninha e fui abrindo gavetas nas quais as moedas de ouro brilhavam. Sessenta mil luíses de ouro e jóias extraordinárias encheram a minha bolsa. Teria de cagar durante anos para conseguir tal quantia. Atravessei o canal e fui residir em Londres. Durante dois anos vivi como uma rainha no exílio. As extravagâncias diárias e o custo das putinhas que aluguei para minha companhia estraçalharam a minha fortuna e voltei a Paris com 23 anos e sem um luís. Madame Guérin me aceitou com a má notícia de que minha irmã desaparecera sem deixar rastro. Talvez vítima de alguma orgia homicida. O comentário sobre meu furto na casa de D'Aucort ainda percorria os bordéis, era preciso ter cuidado. Mas eu tinha uma cama, refeições e clientes. Madame explicou que me reservaria seus freqüentadores mais especiais, porque acreditava na minha capacidade de satisfazê-los. Detalhou a especialidade desses homens como os mais desejosos de serem castigados e tão calejados pelos castigos a eles infligidos que se tornava penoso levá-los ao orgasmo. Um caixão, semelhante a um esquife, guardado num aposento sob a escada, continha instrumentos de tortura que deveriam ser utilizados com esses clientes. Havia vários tipos de chicotes e cravos presos a cordas, além de grilhões e coroas de espinhos. Logo apareceu o primeiro adepto do sofrimento provocado. Era homem de uns quarenta e poucos anos, de compleição robusta. Despiu-se imediatamente, depois perguntou se eu já esfolara uma bunda como aquela. Respondi que sim, mas não era totalmente verdade. Ordenou que me despisse também, mas não prestou muita atenção ao meu corpo, como normalmente acontece. Ajoelhou-se na beira da cama e informou que eu deveria ter paciência, pois seu gozo dependia de muitos lanhos na pele dura. Preferia começar com o chicote de cinco pontas. Aprumada, iniciei o castigo com toda a força de que meus braços eram capazes. Não reagia aos golpes. Suas nádegas endurecidas por anos de maus-tratos eram cobertas por pequenas cicatrizes que pareciam fazer parte do corpo sofrido. A pele gretada foi adquirindo apenas um tom róseo com a sucessão de choques das pontas metálicas. Meu corpo se banhou em suor com a resistência daquela carne ofendida sem que o homem sequer gemesse. Talvez tenha demorado uma hora, quando fissuras vertiam sangue no quadril do sujeito e ele esboçou uma careta de felicidade, um quase sorriso lhe surgiu no rosto e ele peidou com sonoridade surpreendente. O ar empestou-se com fedor azedo e homem expeliu uns bolinhos de merda. Voltou-se sorridente. Pude notar que se masturbara e conseguira o gozo. Acho que por hoje chega, marquês. Amanhã podemos prosseguir após o almoço? Tenho um compromisso fora de casa.

* * *

Bem, prossigamos. Estávamos na fase em que me tornei uma exímia flageladora, certo? Desenvolvi musculatura surrando clientes por horas a fio. Juízes perversos que mandavam inocentes para a forca iam até a casa de madame Guérin purificarem-se no gozo do sofrimento. Mundo estranho, marquês! Homens ricos despiam-se para receber o azorrague em todo o corpo. Dava medo de que algum deles perecesse sob a ação do chicote. Um arcebispo nos visitava uma vez por semana para receber longa e dolorosa surra, após o quê exigia que eu mijasse sobre as suas feridas chamando-o de crápula ateu. Pagavam para que eu enterrasse em suas cabeças a coroa de espinhos que cristo experimentou na *via crucis*. Um financista próspero era cliente assíduo, com preferência pela sufocação. Eu embrulhava sua cabeça num saco de estopa que era amarrado às suas mãos de forma que, se tentasse escapar, diminuiria o pouco ar que lhe restava. Seus pés também eram atados e após a sessão de chicotadas eu derramava vinagre sobre suas chagas, conforme sua prescrição. Meses a fio não recebi um só beijo de cliente e nenhum homem me penetrou na boceta ou no cu. Coincidiu com um período em que nenhuma das meninas me agradava especialmente, então eu estava só. Havia também um trabalho de agenciamento. Alguns clientes tinham predileção por serem espancados por outros homens. Contratei um marinheiro desempregado que vivia implorando que lhe fizesse gozar por um *soil*, o que era absolutamente fora de preço. Combinei com o rapaz que ele surraria dois dos nossos melhores fregueses para ter um passe livre no bordel. Seu trabalho nos rendia luíses de ouro, tornando o agenciamento um bom negócio. Um dos que preferiam homens era militar graduado e seu prazer era o flagelo com feixe de fibra de salgueiro. O marinheiro ria enquanto golpeava coxas, bunda e pernas do homem. Sem reclamar das dores, este apenas sussurrava uma canção de batalha que falava de avanços e recuos, heroísmo e sei lá mais o quê. Em certo momento gritava um basta e se punha de quatro, solicitando ao rapaz que tomasse a fortaleza, eufemismo para que o marinheiro o enrabasse vigorosamente. Os bordéis funcionam muitas vezes como as igrejas, e seus freqüentadores vão ali para descarregarem seus pecados. Um cortesão de Luís XIV, cuja vida era um rapapés constante, ia à nossa casa para ser enxovalhado. Levava uma palmatória de escola que eu empunhava encenando a professora atenta aos erros do aluno. Ele recitava lições inventadas, e para mim incompreensíveis, até que em determinado momento dizia: "Iiihh, errei", e então eu deveria bater nos seus dedos e na palma da sua mão calejada de tanto apanhar. Esse ritual evoluía até que ele gemesse e insinuasse algumas lágrimas. Era o momento de masturbá-lo para que gozasse rapidamente. Entre os mais estranhos clientes de que me lembro deste período está um abastado comerciante que nos procurava a cada dois ou três meses. A periodicidade intervalada era devida ao estado precário em que o homem ficava a cada sessão conosco. Sua tara era um assalto por dois homens que lhe moíam de pancada e o pisoteavam com botas pesadas que obrigatoriamente deveriam estar usando. Após os golpes os atacantes deveriam tirar os coturnos para que nosso cliente lambesse seus pés, ardorosamente. Madame exigiu que ele assinasse uma declaração informando que tudo acontecia por sua vontade. Ela temia, com razão, que ele perecesse dentro de nossa casa. Aliás, há um caso que concorre a ser o mais excêntrico dentre os que tive oportunidade de conhecer. O protagonista foi nosso cliente durante anos, até que chamou madame para confidenciar-lhe que estava com os dias contados por haver contraído determinada enfermidade. Gostaria, e pagaria bem, para morrer entre nós e em pleno gozo de suas obsessões. Madame, em princípio, negou-se com o argumento de que a polícia poderia não entender as coisas do mesmo modo que ele. Sem falar na má publicidade que a morte de um homem poderoso traria à casa. Mas ele havia calculado tudo. Nossa orgia mortal aconteceria numa soberba mansão no interior do país. Iríamos apenas para a encenação, ao fim da qual retornaríamos ilesas. Eram mil luíses de ouro a serem ganhos numa noite. Fomos, é claro. Era necessária a contratação de um assassino. Parte de sua fantasia. Putas e bandidos transitam em ambientes comuns, e logo encontrei um egípcio que vivia em Paris para escapar da justiça em sua terra. O homem deveria ter um instrumento volumoso, e este possuía um pau de vinte centímetros. Viajamos todos, alegremente. Lá, nos banqueteamos regados por muito vinho enquanto o moribundo anunciado discursava, num palavrório para nós incompreensível. Resmungava que era o único dono de sua morte e que seu corpo seria sacrificado ao seu próprio prazer. Durante anos foi surrado em nosso bordel, mas sempre interrompendo a cerimônia. Evitava perecer, coisa que acabaria com as sessões futuras que tanto o faziam gozar. Em suma, seu prazer não era completo porque sua consumação o extinguiria. A morte anunciada o liberara desse imperativo. Agora sim, poderia exceder-se. E o fez. O dia estava raiando sobre a copa das árvores quando ele, solenemente, retirou uma cimitarra de prata de um estojo. A arma seria usada pelo egípcio para degolá-lo no momento em que a vítima mamasse no instrumento de seu algoz. Mesmo eu e minhas colegas, acostumadas aos mais bizarros procedimentos de prazer, ficamos chocadas. Depois fomos embora sem realizar seu último desejo, que era o de ter sua cabeça enterrada no jardim. É hora do jantar, senhor marquês. Temos assado de javali ao molho de ervas.

* * *

Bem, minha vida nunca teve períodos de grande calmaria, e se fui vítima, também fui algoz. Eu soube aproveitar os lances que a sorte colocou diante de mim. Acho mesmo que a providência sempre passa por perto, cabe a nós identificá-la. Aconteceu deste modo, quando madame Guérin caiu doente. Bastava olhar para ela, em seus 78 anos, e verificar que em breve partiria, mas o médico dava esperança de alguns meses ainda. Eu era a mais próxima de suas colaboradoras, e devo a ela a carreira que segui com sucesso. Chamou-me ao seu leito às últimas instruções. Eu seria sua testamenteira. Confessou guardar num cofre, ali mesmo em seu quarto, onde estávamos, oitenta mil luíses em ouro. Pretendia que a fortuna fosse distribuída em três partes: a primeira, mais generosa, no valor de cinqüenta mil luíses, se destinaria ao mosteiro dos capuchinhos. Sua intenção era comprar as boas graças de deus para garantir um lugar no paraíso. A segunda parte totalizava vinte mil luíses, e deveria ser entregue à sua filha, aos cuidados de certo senhor Louis, que a criara durante os últimos quinze anos. Deu-me o endereço para que eu os procurasse, imediatamente. Deveriam receber o dinheiro pessoalmente, quando a menina conheceria a mãe. A terceira parte me era destinada. Além do ouro, eu ficaria com a casa de madame para dar continuidade ao seu trabalho em prol do vício e do prazer. Finalmente, me confiou tarefa de preparar o remédio deixado pelo médico. Substância fortíssima, que deveria ser ingerida em doses rigorosamente exatas, sob risco de matar o doente. Um bilhete explicava seu preparo. Ela estava cansada e pediu para dormir um pouco. Eu deveria tomar três providências: acordá-la para tomar o remédio dali a duas horas, avisar o tal Louis e a filha para receberem o dinheiro e convocar um representante dos capuchinhos, que lhe ministraria confissão e perdão, além de tomar posse de todo aquele ouro. Saí do quarto pensando em como agir. Aqueles oitenta mil luíses estavam em minhas mãos. Bastava um pouco de frieza e bom senso. Li e reli o bilhete que prescrevia as doses. A indicação era de duas colheres para um copo de leite. A minha certeza de que chegara a hora de madame Guérin aumentava, na mesma medida em que diminuía o tempo restante para o preparo do remédio. Às oito em ponto servi o leite e despejei uma, duas, três, quatro colheres da poção. Cheguei em seu quarto com a bandeja e me sentei ao seu lado. Estendi o copo e ela o apanhou. Provou e reclamou do amargor. Perguntou se eu conseguira avisar o tal Louis. Agarrei sua nuca e a ajudei e emborcar o leite. Engoliu quase tudo até que um tanto escorreu por seus lábios. Respondi que o homem viria trazer sua filhinha na manhã seguinte. Ela adormeceu pela última vez. Dei mil luíses para o médico atestar a morte sem maiores perguntas. Ele ficou contente e providenciou tudo. Apropriei-me dos oitenta mil e após o velório chamei as meninas. Anunciei que deveriam se dirigir a mim como madame Duclos. Eu ascendera a poderosa cafetina parisiense. Nada mal para uma puta órfã, não é mesmo, marquês? O senhor deve estar pensando que sou uma pessoa cruel, injusta e pouco confiável. Mas é porque não ouviu toda a história. Roubar o dinheiro dos capuchinhos nem merece defesa. Esse dinheiro acabaria nos bordéis parisienses. Melhor mantê-lo guardado num deles. Mas à filha de madame Guérin, ofereci oportunidade. Não o dinheiro, que incentiva a corrupção, mas uma carreira. Pensei que, se tivesse a oportunidade de seguir os passos da mãe, poderia vir a me suceder dentro de vinte ou trinta anos, e então sua herança seria bem maior. Nem procurei o tal Louis. Eles apareceram lá no bordel dois dias depois do enterro. Souberam da morte de madame e queriam a sua parte. A menina era linda, de cabelos cacheados e louros. Mandei que ela aguardasse sentada na sala, onde podia observar o dia-a-dia que sua mãe enfrentara por toda a vida. Louis e eu entramos no escritório. Alcancei um saquinho com mil luíses e informei-o que sua missão terminara. A menina seria criada por mim. Ele ficou vermelho de ódio e ousou me acusar de apropriação indébita. Respondi que ele podia procurar a polícia. Verificaríamos que relato seria mais convincente. Louis percebeu que seu jogo acabara e saiu sem sequer se despedir de Brigitte, a filha de madame. Ordenei em voz alta que ele enviasse as roupas dela no mesmo dia, evitando problemas sérios. Hora de abrir um bordeaux, marquês. O senhor não concorda?

* * *

Minha consideração para com Brigitte foi muito maior do que a que minha mãe teve comigo, o que aliás não é muito difícil. Mas à filha de madame Guérin eu ensinei um ofício. Todos os truques que aprendi na prática, eu os repassei a ela antes que se despisse para o primeiro cliente. Durante um mês, assistiu no orifício do quarto ao lado às suas colegas trabalharem. Fiz com que percebesse como o trabalho da puta se assemelha ao da atriz. Fazemos parte de uma fantasia, sempre. Homens procuram rameiras para realizarem o que não conseguem com suas companheiras. Uma boa meretriz arranca o gozo de um homem comum com um mínimo de esforço. Brigitte tinha dezesseis anos quando veio morar no bordel. Era virgem. "Vamos vender caro esse tesouro", eu lhe disse. Promovi um leilão num sábado à tarde. Cinco abastados clientes que davam valor ao rompimento do selo foram convidados. Ofereci vinho bom e Brigitte desfilou. Pagaram até para que se despisse. O lance inicial de cem luíses era apenas pelo direito de participar. Um comissário do rei a levou para o quarto por novecentos luíses de ouro. Assisti ao combate. Embora criada em outro ambiente, a doce menina demonstrou um talento inato e suas lágrimas sobre o peito do primeiro macho foram tão sinceras quanto falsas, se me faço entender. A dor profunda que sentiu não se manifestou como oposição ao estupro que sofreu, mas aumentou o prazer do cliente. Ele saiu de lá apaixonado e

precisei fazê-lo desistir de encarcerá-la como sua concubi-
na num apartamento de Paris. Isso, sim, uma crueldade
imperdoável. Durante o primeiro ano poupei Brigitte dos
freqüentadores mais exóticos. Ela não foi obrigada a cagar
sobre o rosto de ninguém, nem açoitar um homem até que
o sangue tingisse seu corpo e o dela. Também lhe arrumei
um quarto privativo, sem acesso aos clientes, assim como
o meu pessoal. Creio que fui uma mãe para ela, coisa que
Guérin se esquivou de ser. Mas, foi por esses dias que me
apareceu Mathieu, o assassino que indicou meu nome ao
senhor marquês. Ele começou servindo aos clientes que
preferem rapazes brutos. Um dia atendeu ao presidente
Curval, que acabou contratando-o em tempo permanente,
para prazer e outras tarefas mais rudes. Mathieu veio me
agradecer. Falou da organização da maior orgia de todos os
tempos, alguma coisa que deixaria os imperadores roma-
nos com inveja. Acabei indo a uma reunião de organização
dos festins de Sillings. Conheci Durcet e o bispo. O duque
era velho freqüentador de todos os melhores bordéis da
cidade. A crueldade dos quatro "amigos" era coisa séria.
Propuseram que eu animasse as noitadas com minhas histórias. Algo como faço aqui, só que com muito mais ação
em torno. Dá para perceber, marquês? Por hoje chega,
estou exausta e preciso de um banho. Se quiser apanhe
uma das meninas. O senhor tem desconto na casa.

* * *

Sente-se. Soube que o senhor fez farra até mais tarde com Brigitte. Ficou a contento? Hoje ela é uma puta experiente. Não há mais sombra da menina que foi. Ordenei que a cozinheira preparasse cabrito para o almoço, como o senhor manifestou desejo. Retomemos. A organização dos 120 dias acabou passando por minha casa. Eles não queriam prostitutas, mas meninas das melhores famílias. Elas deveriam ser raptadas em número de oito virgens. Havia o rol dos meninos também, igualmente oito, da elite parisiense. Listamos os nomes, encontramos os endereços e identificamos os caminhos percorridos pelos coches das boas famílias. Creia, Mathieu praticou os ataques inteiramente só. É um guerreiro perfeito. Em alguns casos voltou dos seqüestros com marcas dos golpes desferidos pelos seguranças das meninas ricas. Venceu-os e os liquidou, feroz e impiedoso. Os jovens foram levados para Sillings e encerrados com antecedência de meses. Toda a Paris comentou a série de desaparecimentos que abalava as melhores famílias. Mas os protestos se perderam entre tantas outras perversidades que são a marca de nosso tempo. Outra das exigências dos "amigos" eram as "damas de companhia". Uma espécie de prazer pelo horrível, revoltante e imundo. Deveriam ser encontradas quatro mulheres nas quais a vida dedicada ao vício houvesse deixado marcas hediondas.

Putas sem clientes, alcoólatras, em péssimo estado físico e mental. Paris está cheia delas, mas fizemos um rastreamento atento, para que eles tivessem do melhor. A primeira que nos pareceu conveniente foi Marie, de 58 anos, explorada toda a vida por um marginal que acabou na forca. Seu aspecto deplorável vai da bunda caída à boca destituída de dentes e rica em fedores variados. Quanto ao caráter, era filicida, com seis crianças afogadas no Senna. Logo depois apareceu Therese, de 62 anos. O que se conta é que as sucessivas surras que levou de seu cafetão afetaram sua sanidade. Deixou de praticar qualquer higiene há muitos anos. Era magra como um cadáver em decomposição. Depois Mathieu nos trouxe Louison, a menos pavorosa fisicamente, mas sem dúvida a mais perversa e desbocada. Tinha 60 anos. Finalmente, Fianne, com certeza a mais cruel e em pior estado físico. Era um traste absoluto. Sem dentes, imunda, condenada à forca, ela sintetizava o que a humanidade chamaria de escória. Essas maravilhas do esgoto deveriam apenas atuar como cenário, fazendo pequenos serviços e criando o clima certo para todas as depravações. Foram todas assassinadas em Sillings sem que ninguém se preocupasse com isso. O elenco ainda contava com os chamados "fodedores". Eram em número de oito e, como sua denominação indica, deveriam estar sempre a postos para penetrar quem os "amigos" ordenassem. Deviam ser belos e portadores de boas picas, longas e grossas. Foram contratados a peso de ouro. Ah! Eu ia esquecendo, havia outras narradoras, três para ser exata. Elas deveriam contar as paixões mais terríveis. Eram Champville, Martaine e Desgranges. Todas cafetinas famosas de Paris. Vamos almoçar? O cabrito está na mesa.

* * *

As três narradoras que me acompanharam a Sillings sabiam das intenções homicidas dos "amigos" e estabelecemos, juntas, um pacto para salvaguardar nossas vidas. Eles sabiam que estávamos protegidas por advogados e assassinos prontos a vingar qualquer atentado. Mesmo assim, confesso que busquei resguardar-me da forma mais segura possível: mantendo uma relação íntima com o carrasco. Mathieu me é fiel. Uma puta que não consegue cooptar um homem para que não a moleste não merece a qualificação. Quanto às narrativas, apenas contei o meu dia-a-dia nos últimos 35 anos. Sem nada esconder ou acrescentar. Não sei se Desgranges fez o mesmo. A quantidade de crimes em que ela está diretamente envolvida é enorme. Soube que após Sillings precisou se ausentar de Paris para não ser morta por seus desafetos menos tolerantes. Por ela eu soube da má sorte de minha irmã, que foi ao encontro de um de seus clientes. Esse bastardo pendurou a menina pelos pés e a sangrou lentamente até a morte. Ninguém conhecia o endereço do bordel de Desgranges, do contrário seria invadido e destruído. Eu estive lá uma única vez, numa festa terrível. Fugi no meio da orgia sanguinária antes que me tornasse vítima da loucura que tomou conta de tudo. Mas em Sillings, Desgranges narrou as mais variadas formas de massacre, com rasgos de imaginação que não é possível classificar como prazer. Sempre mulheres eram as vítimas. Ensacadas em espaços estreitos com gatos vivos, eram lanhadas até a morte; enfiadas em peles de macacos recém-abatidos, eram levadas ao extermínio pelo processo de estreitamento; sedadas por fortes doses de ópio, foram estupradas durante o sono fatal. Os envenenamentos aconteciam com tanta freqüência que era comum nos jantares em sua casa que duas ou três das convidadas tombassem mortas sobre os pratos. Os excessos que acontecem em meu bordel soam como infantis perto do que os clientes de Desgranges aprontavam. Bem, em Sillings as coisas não ficaram muito longe disso. Não sei o que Mathieu lhe contou, mas tudo aconteceu numa escalada. Os primeiros trinta dias eram os de minha narrativa. Todos iam para o salão e eu, sentada num trono improvisado, ia contando o que lhe relatei nesses últimos dias. Eles iam pedindo detalhes e a tensão crescia. Havia estatutos que não permitiam determinadas violências antes do momento certo. Estava planejada uma correspondência entre os modelos de narração e o destino das meninas e meninos disponíveis para serem violados. Só era permitido cagar na capela. Gesto um tanto simbólico de ferozes inimigos da Igreja, como o caso dos organizadores. Nenhuma contradição que um deles fosse um bispo? Gargalhava de desprezo pela profunda corrupção do clero. Uma lista informava quem seria castigado por algum deslize. No sábado era dia de chicote e outras formas de violência contra as crianças. O duque se encantou por minha bunda e resolveu penetrá-la todos os dias. Isso não estava no acordo e cobrei uma taxa extra. Voltei com uma pequena fortuna de Sillings, mas não sei se quero repetir a dose. Como? Não falei de Marteine e Champville? É verdade. Suas histórias se parecem um pouco com as minhas e não são tão apavorantes quanto as de Desgranges. Mas deixe-me lembrar alguma especialmente interessante... Bem, elas eram uma espécie de "buscadoras", não tinham seu próprio estabelecimento, como eu e Desgranges. Agenciavam mulheres para clientes com gostos especiais. Lembro, especialmente, que Marteine contou sobre a obsessão de certo nobre em ingerir as fezes de mulheres que seriam executadas. Ele estava convencido de que a consciência que elas tinham de seu pouco tempo de vida alterava radicalmente o sabor de seus excrementos. Lá foi Marteine corromper oficiais e carcereiros para que o homem pudesse ficar a sós com as condenadas à forca. Outro só se excitava quando sentia que a pobre putinha estava apavorada. Ela era mandada para a casa do cliente, que ordenava que ela se despisse para então informar-lhe que tinha poucos minutos de vida. Para acrescentar realismo a suas palavras, desembainhava uma espada brilhante. A coitada se ajoelhava pedindo clemência, mas o homem não lhe dava ouvidos. Mandava que inclinasse a cabeça para ser degolada naquele instante. As reações, que iam do choro ao desmaio, provocavam nele uma forte ereção e um gozo imediato. Então abandonava o aposento e um mordomo entrava, pagava a menina e a mandava embora. Confesso que não prestei muita atenção nas histórias que minhas colegas contavam. Dediquei-me a consumir o excelente vinho que os "amigos" disponibilizaram para o nosso consumo. É isso, marquês. Como? Quantos voltaram? Talvez Mathieu possa lhe dar esse número com mais precisão. Ele me confidenciou que trinta corpos apodrecem nos abismos próximos a Sillings.

Este livro foi composto na tipologia Scala Garamond,
em corpo 10.5/15, e impresso em papel off white 80g/m^2
no Sistema Cameron da Divisão Gráfica da Distribuidora Record.